Sur l'auteur

Lydia Millet est née dans le Massachusetts. Diplômée d'un master en politiques environnementales de l'université de Duke, elle vit avec ses deux enfants à Tucson, en Arizona. *Nous vivions dans un pays d'été* est son septième roman.

LYDIA MILLET

NOUS VIVIONS DANS UN PAYS D'ÉTÉ

Traduit de l'anglais (États-Unis)
par Caroline Bouet

10/18

LES ESCALES

Titre original :
A Children's Bible

Édition originale publiée par :
W. W. Norton & Company, New York.

ISBN 978-2-264-08019-6
Dépôt légal : août 2022

1

Avant, nous vivions dans un pays d'été. Dans les bois, il y avait des cabanes perchées dans les arbres, et sur le lac, des bateaux.

Même un tout petit canoë pouvait nous emmener jusqu'à l'océan. Nous traversions le lac en pagayant, franchissions un marais, suivions un ruisseau et arrivions à l'embouchure de la rivière. Là où l'eau rencontrait le ciel. Laissant nos embarcations sur le sable, nous courions sur la plage, portés par une brise saline.

Nous avons trouvé un crâne de dinosaure. Ou peut-être de marsouin. Nous avons trouvé des œufs de raie, des coquilles d'œils-de-requin et du verre poli par la mer.

Avant le coucher du soleil, nous regagnions le lac en canoë pour le dîner. Les huards lançaient leurs cris envoûtants à travers l'eau. Pour enlever le sable sur nos chevilles, nous sautions dans le lac depuis le ponton. En hurlant. Nous faisions des plongeons et des saltos sous le ciel qui devenait violet.

Au-dessus du ponton, des cerfs se promenaient tranquillement sur la grande pelouse. Leur grâce était cependant trompeuse : ils véhiculaient des tiques, et les tiques, une maladie. Laquelle pouvait vous rendre fou, vous voler vos souvenirs, faire enfler vos jambes. Ou affaisser votre visage comme la face d'un basset.

Et donc, quand les cerfs baissaient leur cou élégant pour brouter l'herbe, certains d'entre nous leur criaient des insultes. Fonçaient vers eux en gesticulant.

Certains d'entre nous aimaient bien les voir paniquer. Les cerfs décampaient vers les arbres en ruant, effrayés par notre pouvoir. Pendant leur fuite, certains d'entre nous poussaient des hourras.

Pas moi. Je restais muette. J'étais navrée pour eux. Les tiques n'étaient pas de leur faute.

Aux yeux d'un cerf, les gens étaient probablement des monstres. Certaines personnes en tout cas. Parfois, lorsqu'un cerf apercevait un homme qui marchait dans la forêt, il arrivait que l'animal dresse l'oreille et reste immobile comme une statue. À attendre. Aux aguets. Sans mauvaise intention.

Qu'es-tu donc ? demandaient ses oreilles. Oh, et… que suis-je ?

Parfois, la réponse était : Tu es mort.

Et le cerf s'effondrait.

Quelques animaux nous avaient suivis pour l'été : trois chiens et un chat, un siamois vénère qui avait des problèmes de peau. Des pellicules. Nous déguisions les chiens avec des costumes trouvés dans un coffre en osier, mais pas le chat. Il griffait.

Nous avons mis du rouge à lèvres et du fard à paupières bleu à l'un des chiens. Il avait la tête blanche, alors le maquillage ressortait bien. Nous aimions frapper les esprits. Une fois l'opération terminée, le rouge à lèvres est retourné dans le sac à main Fendi d'une mère.

Nous l'avons regardée s'en appliquer sans se douter de rien. C'était satisfaisant.

Nous avons monté une pièce de théâtre pour les chiens et invité les parents, puisque nous n'avions pas d'autre public. Mais les animaux n'étaient pas bien dressés et ne se sont pas laissé diriger. Il y avait deux soldats et une coquette que nous avions vêtue d'un soutien-gorge rembourré à froufrous. Les soldats étaient des lâches. En gros, des déserteurs. Ils ont pris la fuite quand nous avons poussé le cri de guerre. (Un coup de klaxon tonitruant. *Pou-eeettt.*)

La dame a uriné.

— Oh, pauvre mémère ! Elle a une vessie irritable ! s'est exclamée la mère joufflue de quelqu'un. C'est un tapis persan ?

De qui donc était-elle la mère ? Pas clair. Personne ne se balancerait, bien sûr. Nous avons annulé la représentation.

— Avoue, c'était ta mère, a lancé un certain Rafe à une certaine Sukey.

Les parents venaient de quitter la pièce en file indienne. Leurs verres à pied, grands verres à cocktails et bouteilles de bière étaient pour certains complètement vides. À sec.

Ces parents-là étaient par conséquent pressés.

— Jamais de la vie, a répondu fermement Sukey en secouant la tête.

— Du coup, c'est qui, ta mère ? Celle au gros cul ? Ou celle au pied bot ?

— Ni l'une ni l'autre. Alors va te faire foutre.

La grande maison avait été bâtie par des barons voleurs au XIXe siècle, une retraite palatiale pour les mois verdoyants. Nos parents, ces soi-disant figures d'autorité, erraient sous les larges poutres de cette demeure selon de vagues circuits. Leurs fins étaient obscures, et d'intérêt général nul.

Ils aimaient boire : c'était leur passe-temps favori, ou, d'après l'un des nôtres, peut-être bien une forme de religion. Ils buvaient du vin, de la bière, du whiskey et du gin. Et aussi de la tequila, du rhum et de la vodka. À midi, ils appelaient ça le remède à la gueule de bois. Cela semblait leur procurer de la satisfaction. Ou du moins leur permettre de tenir debout. Le soir, ils se rassemblaient pour manger de la nourriture et boire plus.

Le dîner était le seul repas auquel nous étions tenus d'assister, et même pour si peu, nous leur en voulions. Ils nous obligeaient à nous asseoir et parlaient de rien. Ils dirigeaient leur conversation comme un faisceau lumineux gris terne. Elle nous atteignait et nous berçait au point de nous plonger dans un état de stupeur. Leurs propos étaient tellement ennuyeux qu'ils nous emplissaient de frustration et, après quelques minutes, de rage.

Ils ne savaient donc pas qu'il y avait des sujets urgents ? Des questions qu'il fallait poser ?

Si l'un de nous disait quelque chose de sérieux, ils balayaient son intervention d'un revers de la main.

Puis-jesortirdetables'ilvousplaît.

Plus tard, le volume sonore de la discussion montait d'un cran. Libérés de notre influence, certains d'entre eux émettaient des aboiements soudains et stridents. Ils riaient, apparemment. Depuis la galerie qui faisait le tour de la maison avec ses torches en bambou, ses fougères suspendues et ses balancelles, ses fauteuils miteux et ses désinsectiseurs à lumière bleue, leurs rires tonitruants portaient. Nous les entendions depuis les cabanes dans les arbres, depuis les courts de tennis et depuis le champ de ruches dont s'occupait la journée une voisine lente qui marmonnait sous le voile de son chapeau d'apicultrice. Nous les entendions quand nous étions derrière les vitres fêlées de la serre délabrée, ou sur l'eau noire et fraîche du lac où nous flottions dans nos sous-vêtements à minuit.

J'aimais bien rôder toute seule sur le domaine au clair de lune munie d'une lampe torche dont je faisais rebondir le faisceau lumineux sur des murs aux fenêtres closes de volets blancs, sur des vélos abandonnés dans l'herbe, sur des voitures sagement arrêtées dans la vaste allée en arc de cercle. Quand un rire parvenait jusqu'à mes oreilles, je me demandais s'il était possible que l'un des parents ait réellement dit quelque chose de drôle.

Au fil de la soirée, certains parents se mettaient en tête de danser. Un éclair de vie venait animer leurs corps lourdauds. Triste spectacle. Ils s'agitaient maladroitement dans tous les sens en mettant à fond leur musique du temps jadis. « *Beat on the brat, beat on the brat, beat on the brat with a baseball bat, oh yeah.* »

Ceux qui étaient dépourvus d'éclair de vie restaient assis sur leur chaise à regarder les danseurs. Léthargiques, le visage relâché – autrement dit, décédés.

Mais moins ridicules.

Certains parents formaient des paires et se faufilaient dans les chambres au premier étage, où quelques garçons dans nos rangs les épiaient à travers les fentes de portes de placard. Les voyaient accomplir leurs actes obscurs.

Parfois, ça les émoustillait. Même s'ils ne l'avouaient pas.

Plus souvent, ça leur répugnait.

La plupart d'entre nous entreraient en première ou en terminale à la fin de l'été, mais quelques-uns n'étaient pas encore pubères – il y avait tout un éventail d'âges différents. Pour résumer, certains étaient innocents. D'autres accomplissaient eux-mêmes des actes obscurs.

Lesquels n'étaient pas aussi répugnants.

Cacher notre filiation était un divertissement, mais que nous prenions au sérieux. Parfois, un parent s'approchait doucement de nous et menaçait ainsi de nous exposer. Risquait de révéler un lien de parenté. Alors nous détalions comme des lapins.

Nous devions cacher notre course, cependant, afin que notre empressement ne nous trahisse pas. Il serait donc plus exact de dire que nous nous éclipsions discrètement. Quand l'un de mes parents apparaissait, ma technique consistait à feindre d'apercevoir quelqu'un dans la pièce voisine. Me déplacer avec naturel vers le fruit de mon imagination en affichant une expression déterminée. Passer la porte. Et disparaître.

La première semaine de notre séjour, au début du mois de juin, plusieurs parents avaient gravi les escaliers qui menaient au grenier plein de coins et de recoins où nous dormions – certains sur des lits superposés, mais la plupart à même le sol. Nous avions entendu leurs voix. « On vient vous borrrder ! » criaient-ils aux plus jeunes.

Nous nous étions cachés sous les couvertures, que nous avions tirées au-dessus de nos têtes, et certains d'entre nous avaient poussé des cris grossiers. Les parents avaient battu en retraite, probablement vexés. Ensuite, un panneau avait été placardé sur la porte : ZONE INTERDITE AUX PARENTS, et le lendemain matin, nous leur avions passé un sacré savon.

— Vous avez la jouissance de la maison, avait dit Terry, calmement mais avec force. Votre propre chambre privée. Votre propre salle de bains privée attenante.

Il portait des lunettes, était trapu et terriblement prétentieux. Il n'empêche, debout, là, en tête de table, les bras courtauds croisés, il en imposait.

Les parents buvaient leur café à petites gorgées. Cela faisait un bruit de succion.

— Nous avons une chambre. Pour nous tous. *Une seule !* avait psalmodié Terry. Pitié. Laissez-nous notre foutu espace. Sur ce minuscule bout de territoire. Imaginez que le grenier est une réserve. Et que vous êtes les conquérants blancs qui ont massacré brutalement notre peuple. Et les Indiens, c'est nous.

— Les Amérindiens, avait corrigé l'une des mères.

— Métaphore impropre, avait lancé une autre. D'un point de vue culturel.

— L'une des mères a un pied bot ? s'est étonnée Jen. Ah bon. J'ai jamais fait gaffe.

— C'est quoi, un pied bot ? a demandé Low.

Son vrai prénom était Lorenzo, mais c'était trop long, et puis il était le plus grand du groupe, alors on le surnommait Low[1]. Une idée de Rafe. Ça ne dérangeait pas Low.

— C'est quand ton pied traîne, a expliqué Rafe. La chaussure avec un talon épais. Tu vois ? La grosse, je parie que c'est la mère de Sukey.

— Ouais, ouais. Trop pas, a protesté celle-ci. Ma mère est carrément mieux que cette merde. Ma mère foutrait facilement une branlée à cette mère-là.

1. *Low* signifie « bas ». *(Toutes les notes sont de la traductrice.)*

— Ça peut pas être la mère de personne, a objecté Low.

— Eh bien si, c'est possible, a répondu Sukey.

— Y en a qui sont célibataires, a souligné Juicy[1].

Il devait son surnom à sa salive, qui était abondante. Il aimait bien cracher.

— Et il y a des couples sans enfants, a dit Jen. Stériles, malheureusement.

— Destinés à vivre sans descendance, a ajouté Terry.

Il se croyait écrivain. Son vrai nom était Bidule, troisième du nom. Et comme si ce n'était pas déjà assez l'horreur, « troisième du nom » traduit en latin – Tertius. Et puis « Tertius » raccourci en « Terry ». Donc, bien sûr, c'était comme ça que les gens l'appelaient.

Il tenait un journal intime dans lequel étaient consignés ses sentiments, probablement. Cette probabilité était largement tournée en ridicule.

— Ouais, mais j'ai vu la grosse dans la cuisine en train de peloter le père de Sukey, a balancé Rafe.

— Faux, a répondu Sukey. Mon père est mort.

— Il est mort depuis des années, a confirmé Jen en hochant la tête.

— Et il est encore mort maintenant, a ajouté David.

— Son beau-père, alors. Ou autre, a dit Rafe.

— Ils ne sont pas mariés.

— Détail technique.

— Je les ai vus aussi, a dit Low. Elle avait la main pile sur son pantalon. Sur son paquet. En plein dessus. Le mec avait une gaule d'enfer.

— Dégueu, s'est indigné Juicy.

Il a craché.

1. *Juicy* signifie « juteux ».

— La vache, Juice. Ça a failli atterrir sur mon orteil, s'est fâché Low. Démérite.

— C'est de ta faute, t'avais qu'à pas mettre de sandales, a répliqué Juicy. Méganaze. Démérite toi-même.

Nous avions un système de points, un tableau sur un mur. Il y avait des « mérites » et des « démérites ». On décrochait un mérite pour un outrage perpétré avec succès, un démérite pour un acte pour lequel nous devrions nous sentir humiliés. Juicy avait obtenu des mérites en bavant dans des cocktails sans se faire remarquer, tandis que Low avait obtenu des démérites parce qu'il avait été lèche-cul avec un père. Probablement pas le sien – la filiation de Low était un secret bien gardé. Mais on l'avait aperçu qui demandait des conseils vestimentaires à un type frappé d'alopécie androgénique.

Low était un géant d'origine mongole au visage poupin qui avait été adopté au Kazakhstan. Il était le plus mal fagoté de nous tous, arborant à merveille un look *seventies* constitué de débardeurs bariolés et de minishorts à passepoil blanc. Dont certains étaient en tissu-éponge.

Nous n'aurions pas pu poursuivre le jeu des parents sans le désintérêt quasi absolu desdits parents. Leur attitude était non interventionniste.

— Où est Alycia ? ai-je entendu une mère demander.

Alycia était la plus âgée d'entre nous – dix-sept ans. Et déjà en première année de fac.

— Je l'ai à peine vue depuis que nous sommes arrivés ici, a poursuivi la voix. Ça fait quoi, deux semaines maintenant ?

La mère était à la table du petit déjeuner, en dehors

de mon champ de vision. J'aimais beaucoup cette pièce, avec sa longue table en chêne et ses murs de verre sur trois côtés. On voyait l'éclat scintillant du lac à travers les vitres, et la lumière du soleil se déplaçait parmi les branches mouvantes d'un très vieux saule qui ombrageait la maison.

Mais chaque matin, la pièce grouillait de parents. Nous ne pouvions pas l'utiliser.

J'ai essayé d'identifier la voix, mais quand je me suis approchée du seuil, la conversation s'était orientée vers d'autres sujets – la guerre aux infos, l'avortement tragique d'une amie.

Alycia s'était évaporée dans la ville d'à côté, après avoir été prise en stop par un jardinier. La ville se résumait à une station-service, une pharmacie rarement ouverte et un bar minable, mais elle y avait un mec. Qui avait quelques décennies de plus qu'elle.

Nous la couvrions du mieux possible.

— Alycia est sous la douche, avait annoncé Jen à table, la nuit de son départ.

Nous avions scruté les expressions des parents, mais raté, leurs visages étaient restés impassibles.

David, le lendemain soir :

— Alycia est au lit, elle a mal au ventre.

Sukey, le troisième soir :

— Désolée, Alycia ne descendra pas. Elle est d'une humeur de chien.

— Il faut que cette fille mange plus, avait estimé une femme en harponnant une patate rôtie.

Était-ce *elle*, sa vraie mère ?

— Elle est maigre comme un clou, avait ajouté une autre.

— Elle ne fait pas ce truc où on dégueule, là, hein ? avait demandé un père. Le truc du vomi ?

Les deux femmes avaient secoué la tête. Énigme non résolue.

— Alycia a peut-être deux mères, avait avancé David après coup.

— Deux mères, possible, avait dit Val, un garçon manqué peu loquace.

La plupart du temps, elle répétait comme un perroquet.

Val était si petite et menue qu'il était impossible de lui donner un âge. Contrairement à nous tous, elle était originaire de quelque part à la campagne. Ce qu'elle aimait par-dessus tout, c'était grimper. Haut, et avec agilité – des bâtiments ou des arbres, peu lui importait. Du moment que c'était vertical.

— La vache, cette gamine, c'est une espèce de singe ! s'était exclamé un jour un père en la regardant escalader le saule.

Un groupe de parents buvait sur la galerie.

— Un gibbon, avait dit un autre. Ou un macaque de Barbarie.

— Un capucin à tête blanche, avait suggéré un troisième mec.

— Un marmouset pygmée.

— Un jeune rhinopithèque brun.

Ce petit jeu avait soûlé l'une des mères.

— Un singe ferme-ta-gueule, avait-elle lancé.

Nous étions stricts avec les parents : des mesures punitives ont été prises. Vols, railleries, contamination de la nourriture et des boissons.

Ils ne se rendaient compte de rien. Et nous estimions que les châtiments étaient à la mesure de leurs crimes.

Néanmoins, le pire de leurs crimes était difficile à déterminer, et par conséquent, difficile à punir correctement : la qualité même de leur être. L'essence même de leurs personnalités.

Certaines arènes avaient notre profond respect. Nous respections la maison, par exemple : une vieille forteresse majestueuse, notre château et donjon. Mais pas ses meubles. Nous avons décidé d'en détruire plusieurs.

La personne qui obtenait le plus de mérites à la fin de chaque semaine avait le droit de choisir la prochaine cible. Quel objet ce serait ? Choix numéro un : une statuette en porcelaine d'un garçon aux joues roses en culotte courte, qui portait un panier de pommes et souriait.

Choix numéro deux : un tableau de pissenlit au point de croix rose et vert avec pour légende, dans une écriture tourbillonnante, les mots : *Inspirez doucement. Soufflez. Répandez vos rêves et laissez-les croître*.

Choix numéro trois : un appeau en forme de gros canard au poitrail bombé, qui avait des yeux vides flippants et un drôle de smoking peint sur le corps.

— C'est un gros canard pédé, a dit Juice. Un canard en nœud pap'. Un canard, euh, crooner pédé. Un pédé canard Frank Sinatra.

Il a gloussé comme un taré.

Rafe, qui était gay et fier de l'être, lui a ordonné de la boucler – abruti homophobe.

Cette semaine-là, le gagnant a été Terry, qui a choisi le garçon aux pommes. Il est allé chercher un marteau à panne ronde dans la cabane à outils et lui a fracassé la tête.

Mais la maison, non, jamais nous ne lui aurions fait de mal. Rafe aimait mettre le feu, mais limitait ses incendies à la serre : un tas de crosses de hockey et de maillets de croquet. Il brûlait aussi des choses dans une clairière au fond des bois – il avait immolé un nain de jardin. Lors de sa combustion, le plastique avait dégagé une épaisse fumée à l'odeur abominable. L'un des parents avait remarqué la fumée qui s'élevait au-dessus d'une rangée de pins et avait choisi de rester sur la galerie à siroter son dry martini.

La fumée s'était dispersée, au bout d'un moment.

Nous respections le lac, la rivière et, plus que tout, l'océan. Les nuages et la terre, des sillons cachés et de l'herbe tranchante de laquelle pouvaient sortir un essaim de guêpes, une infestation de fourmis rouges, ou tout à coup, des myrtilles.

Nous respections les cabanes perchées, un réseau élaboré de structures bien bâties au sommet des arbres. Elles étaient dotées de vrais toits en dur et reliées entre elles par des échelles et des ponts suspendus de manière à former un village dans le ciel.

Des dessins cochons, des noms et des initiales avaient été gravés sur leur plancher par de précédents vacanciers. Ces vieilles initiales avaient le don de me saper le moral en un clin d'œil. Peut-être avaient-elles été gravées par les enfants des barons voleurs – la descendance des empereurs du bois, de l'acier ou du rail, muée depuis bien longtemps en de grosses matrones à triple menton des beaux quartiers de Manhattan.

Parfois, je m'asseyais tout là-haut sur une plateforme. Autour de moi, les autres remuaient les jambes dans le vide en buvant du soda en cannette ou de la bière en bouteille. Jetaient paresseusement des cailloux sur des tamias. (Les petits garçons ont mis un terme à cette activité en invoquant la cruauté envers les animaux.) Se faisaient mutuellement des nattes, écrivaient sur leurs jeans, se passaient du vernis à ongles. Essayaient de sniffer de la colle de la prétendue salle de jeux où nous n'allions jamais. Ce truc-là ne vous faisait jamais planer.

Je regardais ces initiales et je me sentais seule. Même parmi les gens. L'avenir défilait en un éclair sinistre. L'horloge tournait, et cette horloge ne me plaisait pas.

Oui, nous savions bien que nous ne pouvions pas rester jeunes. Mais curieusement, c'était difficile à croire. Vous pouvez dire ce que vous voulez à notre sujet – nos jambes et nos bras étaient forts et affûtés. Je m'en rends compte à présent. Nos ventres étaient fermes et dépourvus de bourrelets, nos fronts lisses. Quand nous courions, si nous choisissions de le faire, nous filions tels des éclairs de soie. Nous avions la vigueur des êtres qui viennent de naître.

Toutes proportions gardées.

Et non, nous ne serions pas comme ça éternellement. Nous le savions, à un niveau rationnel. Mais l'idée que ces silhouettes aux allures de déchets qui se déplaçaient en titubant dans la grande maison étaient une vision de ce qui nous attendait – plutôt crever.

Avaient-ils déjà eu des buts dans la vie ? Avaient-ils seulement idée de ce qu'était l'amour-propre ?

Ils nous faisaient honte. Ils étaient un récit édifiant.

Les parents avaient été proches à l'université, mais ne s'étaient pas revus tous ensemble depuis. Jusqu'à ce qu'ils choisissent cette saison pour leurs retrouvailles scandaleusement longues.

— Notre dernier tour de piste, avait-on entendu.

On aurait dit un mauvais acteur dans une pièce à la con.

— Après ça, la prochaine fois qu'on se revoit, c'est

à l'enterrement de l'un de nous, avait lancé un autre sur un ton qui n'était pas celui de la plaisanterie.

Aucun d'eux ne s'était fendu d'un sourire.

Anonymement, nous avons mis des descriptions de leurs carrières dans un chapeau. C'était un chapeau claque trouvé dans le placard à jouets, où étaient rangés de nombreux accessoires d'un autre temps. (Nous y avions aussi trouvé le klaxon, la carabine à air comprimé et un Monopoly usé jusqu'à la corde.) Nous avons écrit en majuscules afin de ne pas être trahis par notre plume, avons pioché les papiers dans le chapeau, puis lu à voix haute les intitulés de poste.

Quelques-uns étaient professeurs à la fac, et avaient trois mois de vacances en été. D'autres faisaient la navette entre le bureau et la maison. Un parent était thérapeute, un autre médecin du vagin. (Rire tonitruant de Juicy, suivi d'un coup de pied rapide dans le genou de Sukey. « T'as un problème avec les vagins ? Répète : vagin. Va-gin. ») Un autre parent était architecte, un autre encore réalisateur de cinéma. (Sur le bout de papier, on lisait : RÉALISER DES FILMS GAY. « Démérite pour homophobie, a décrété Rafe. Quand je découvre qui c'est ? Immense démérite pour la tante refoulée qui a écrit un truc pareil. Suivi d'un passage à tabac. Vaudrait mieux que ce soit pas toi, Juicy. »)

Ça allait sans dire : nos parents étaient du genre artistes et cultivés, mais pas désargentés, sinon ils n'auraient pas pu se payer les droits d'entrée. Louer une grande maison comme celle-ci avait un prix. Surtout pour tout un été. Nous nous sommes dit que certains étaient peut-être là à titre gracieux, ou que, du moins, il y avait un barème dégressif. David, un *geek* nostalgique du matériel informatique perfectionné resté chez lui, avait laissé échapper que ses parents étaient locataires.

Ce qui lui avait valu un démérite. Pas pour des raisons de propriété foncière – nous avions en horreur les gens snobs sur les questions d'argent –, mais parce qu'il avait baissé la garde et s'était laissé aller à la confession en buvant une bouteille de Jäger que nous avions dérobée.

Boire leur alcool ? Ah ça oui, plutôt deux fois qu'une ! Adopter le même comportement qu'eux quand ils buvaient ? Démérite !

Car c'était sous influence, quand ils devenaient sentimentaux, que les parents se défaisaient de la carapace qui les protégeait. Sans laquelle ils étaient des limaces. Ils laissaient une traînée de bave dans leur sillage.

Pour ce qui était de mes parents : mère intellectuelle, père artiste. Ma mère enseignait la théorie féministe, tandis que mon père sculptait d'énormes femmes dotées de poitrines plantureuses, dont la bouche, les seins et les parties intimes étaient peints dans des tons criards. Souvent recouverts de scènes de guerre ou de famine. Leurs grandes lèvres, c'était peut-être Mogadiscio.

Il rencontrait un franc succès.

Les petits frères et les petites sœurs étaient un handicap dans le jeu des parents, car ils menaçaient en permanence de révéler nos origines. Ils étaient à Jen, David et moi.

Le frère de Jen avait onze ans et était un gentil gamin sourd qui s'appelait Shel et voulait devenir vétérinaire quand il serait grand. Il avait été victime d'une intoxication alimentaire au cours de la première semaine du séjour, et leurs parents avaient dû veiller sur lui, si bien que cette identification-là était faite. La mère avait des bagues orthodontiques pour adultes et des épaules tombantes, et le père, une queue-de-cheval grasse. Il se récurait le nez tout en parlant. Il parlait et se récurait le nez, se récurait le nez et parlait.

Nous pensions que l'habitude de se récurer le nez en public se perdait au collège, mais dans son cas nous nous trompions. Ahurissant.

Ça nous embêtait pour Jen.

Et David avait été grillé lui aussi. Ses sœurs, des jumelles conçues par FIV prénommées Kay et Amy, étaient de vraies morveuses et ne s'intéressaient pas au jeu. Elles l'avaient cramé dès le deuxième jour : elles s'étaient agrippées à leur mère, l'avaient caressée – elles étaient allées jusqu'à se blottir sur ses genoux en enfouissant leur nez dans son cou. En murmurant des mots doux.

Mon petit frère à moi, Jack, était un prince parmi les garçons. Après avoir fait une allergie au sumac vénéneux, il était venu me voir, moi, et moi seule, car il refusait de demander de l'aide à un parent. J'en avais éprouvé de la fierté. Jack avait le sens du devoir.

Je lui avais fait couler des bains et j'étais restée à son chevet en lui appliquant des compresses froides sur les jambes. Je lui avais passé de la lotion apaisante rose et je lui avais lu ses histoires préférées. Il ne s'était pratiquement pas plaint, se contentant de dire :

— Ça gratte quand même, Evie.

Jack était de loin ma personne préférée. Depuis toujours.

Il n'empêche que ce n'était qu'un petit bonhomme – j'avais peur qu'il ne fasse une gaffe. La vigilance était de mise.

Et puis à un moment donné, nous avons pris une décision collective : il fallait que nous parlions aux parents du jeu. Il était devenu trop difficile de leur échapper simplement via des manœuvres tactiques.

Bien entendu, nous avions tourné tout ça sous un jour positif. Rien ne nous obligeait à révéler ce qui nous avait poussés à commencer à jouer. Inutile de dire tout haut qu'être associés à eux était rabaissant pour nous et compromettait notre intégrité personnelle. Nul besoin de mentionner que les preuves directes de notre relation nous rendaient malades physiquement – c'était un fait avéré.

Nous avions besoin d'un projet, raconterions-nous simplement. Ne nous avaient-ils pas privés pour toute la durée de l'été de nos joujoux adorés et de nos précieuses planches de salut ? N'avaient-ils pas confisqué nos téléphones portables, nos tablettes, tous nos écrans et notre accès numérique au monde extérieur ?

Nous étions retenus dans une prison analogique, selon David.

Les autorités étaient plus réceptives pendant l'heure magique qui précédait le dîner, quand elles étaient agréablement pompettes. Plus tôt, les parents avaient tendance à être à cran, et étaient susceptibles de refuser. Plus tard, ils risquaient d'être complètement beurrés, et de ne plus se souvenir de rien le lendemain matin.

L'heure des verres et des discussions – voilà comment ils appelaient ça.

Nous avons abordé la question à ce moment-là.

— Nous jouons à un jeu… a commencé Sukey.

— Une expérience sociale, si vous voulez, a poursuivi Terry.

Certains parents ont souri avec indulgence lorsque nous leur avons expliqué, tandis que d'autres, récalcitrants, se sont efforcés de refréner leur agacement. Mais ils ont fini par accepter. Ils ne nous ont rien promis, mais tâcheraient d'éviter de nous incriminer.

Et puis nous avions prévu de camper sur la plage pendant quelques nuits, a annoncé Rafe.

Pour nous exercer à l'autosuffisance, a précisé Terry.

— Alors là, c'est une autre paire de manches, a répondu un père.

L'un des professeurs. Sa spécialité : les sorcières au bûcher.

— Vous tous ? a demandé une mère.

Les plus jeunes ont hoché la tête – à l'exception de Kay et d'Amy, les jumelles FIV, qui ont secoué la tête.

— Bon débarras, a murmuré David.

— Mais on n'a pas pris de tentes ! s'est écriée une autre mère.

Cette mère était tout en bas de la hiérarchie. Elle portait de longues robes fluides ornées de motifs floraux et cachemire. Une fois, alors qu'elle dansait, ivre, elle était tombée dans un pot de fleurs. Avait saigné du nez.

Je percevais chez les autres parents une forme de condescendance à son égard. S'ils étaient pourchassés, elle serait la première à être abandonnée par le troupeau. À être offerte en sacrifice à une lionne dont les mâchoires puissantes la déchiquetteraient. Et ensuite, des vautours picoreraient ses restes avec indifférence.

Ce serait triste, probablement.

Malgré tout, personne ne voulait de cette mère-là. Nous avions pitié du bouffon qui serait impliqué, plus tard.

— On va se débrouiller, a dit Terry.

— Et comment donc ? a demandé une troisième mère. Amazon Prime ?

— On va se débrouiller, a-t-il répété. Il y a des bâches dans la cabane à outils. Ça va aller.

Jen, impressionnée par l'attitude magistrale de Terry, a consenti à coucher avec lui dans la serre ce soir-là (nous avions entassé dans un coin des couvertures qui formaient un nid). Jen était forte, mais il était de notoriété publique que, niveau cul, ses critères étaient assez bas.

Afin de ne pas être en reste, les deux autres filles et moi avons accepté de jouer au jeu de la bouteille avec David et Low. Version extrême, sexe oral potentiellement inclus. Juicy avait quatorze ans, trop immature pour nous et trop dégueulasse, et Rafe n'était pas bi.

Dommage, a déploré Sukey. Rafe est carrément canon.

Et puis Dee a préféré ne pas participer, alors il n'y avait plus que Sukey et moi. Dee redoutait le jeu de la bouteille, parce qu'elle était – *dixit* Sukey – une petite souris discrète, et très probablement aussi vierge de bouche.

Craintive et timide, Dee était également passive-agressive, névrosée, germophobe et limite paranoïaque.

D'après Sukey.

— Prends sur toi, souricette ! Ce sera instructif.

— Pourquoi instructif ? a demandé Dee.

Réponse de Sukey : parce qu'elle, bibi, était passée maître dans l'art de la branlette minute. Dee pourrait glaner deux ou trois trucs en la regardant.

À ces mots, les gars se sont redressés. Leur intérêt s'est canalisé et affûté tel un rayon laser.

Mais Dee a répliqué que non, elle n'était pas ce genre de fille.

Et qu'après avoir entendu ça, elle avait besoin de prendre une douche.

Val a décliné aussi. Elle est partie faire de l'escalade dans le noir.

Pendant ce temps-là, les parents faisaient une partie de Texas hold'em et se prenaient le bec car quelqu'un comptait soi-disant les cartes – l'un des pères avait été viré d'un casino à Las Vegas.

Les plus jeunes d'entre nous dormaient.

Le jeu de la bouteille était un piètre choix, il est vrai, mais nos options étaient sérieusement limitées. Tous les téléphones étaient enfermés à l'intérieur d'un coffre-fort dans la bibliothèque. Et nous n'avions pas réussi à trouver la combinaison.

J'avais des appréhensions, mais puisque Dee s'était retirée, il fallait que je tienne bon. Et finalement, j'ai eu de la chance. J'ai juste dû embrasser Low avec la langue.

Pas agréable, quand même. Sa langue avait un goût de vieille banane.

Nous nous sommes mis en route le lendemain après-midi. Préparer nos affaires et charger les barques avait pris des heures.

— Gilets de sauvetage ! criait d'une voix stridente la mère de Jen depuis la pelouse.

Dans une main, elle avait une bouteille de vin qu'elle tenait par le goulot, et dans l'autre, un verre. Elle était vêtue d'un bikini blanc à pois rouges. La culotte exposait la raie de son cul, et le haut était assez marrant : ses tétons transparaissaient comme deux yeux noirs à travers les bonnets de son soutien-gorge clair.

— Faites que ça s'arrête, a imploré Jen en grimaçant.

— Mettez les *gilets de sauvetage* !

— Ouais, ouais. Bon sang de bonsoir ! a juré Sukey.

Généralement, nous faisions l'impasse sur les gilets de sauvetage. Sauf pour les petits garçons. Mais nous étions scrutés, alors j'en ai ramené tout un tas – orange pétant parsemé de noir à cause de la moisissure – du hangar à bateaux. Ils nous irritaient la peau et étaient mastoc. Dès que nous aurions quitté le champ de vision des parents, ils sauteraient. À coup sûr.

Lorsque nous avons commencé à larguer les amarres, plusieurs parents nous ont salués depuis la galerie, tandis que d'autres se sont amassés sur le ponton. Nous nous sommes dépêchés, car nous avions peur qu'ils ne nous trahissent avec des caquetages imbéciles de dernière minute. Et bingo, un crétin a crié :

— T'as pensé à prendre ton inhalateur ?

(Deux d'entre nous étaient asthmatiques.)

— La ferme ! La ferme ! avons-nous imploré, les mains plaquées contre nos oreilles.

Personne parmi nous ne voulait voir un homme tomber de la sorte.

— Et les EpiPen ? a crié la mère en bas de l'échelle sociale.

J'avais lu un livre sur la société médiévale que j'avais trouvé dans la bibliothèque de la grande maison. Il dégageait une odeur de papier poussiéreux qui me plaisait bien. Il parlait de paysans : les serfs, je crois. À travers le filtre de cette histoire, et eu égard à ses robes fluides, j'en étais venue à considérer cette mère comme la paysannerie.

Nous les avons ignorés et avons ramé de toutes nos forces. Limiter les dégâts.

— Merde, ce sont vraiment des imbéciles, a pesté Low.

Je le regardais en penchant la tête, je crois – songeuse. Le goût de banane me revenait.

— Les miens se sont très bien tenus, a fanfaronné Terry.

— Les miens n'en avaient rien à branler, s'est vanté Juice.

Les parents essayaient encore de communiquer avec nous tandis que nos bateaux quittaient la rive. Certains gesticulaient de façon exagérée, agitant leurs bras flasques. Le père de Jen s'exprimait via une sorte de langage des signes, mais Shel s'est détourné de ses doigts en mouvement. La mère paysanne a plongé depuis le ponton – pour se lancer à nos trousses ? Faire trempette ? Nous nous en moquions.

Nous sommes arrivés au ruisseau et avons rentré nos rames. Le cours d'eau longeait l'océan. Le passage était étroit et souvent nos navires heurtaient les rives, se coinçaient sur les hauts-fonds boueux, et il fallait alors les désembourber.

L'eau nous portait : nous étions portés.

Nous avons levé notre visage vers la chaleur, fermé les yeux et laissé le soleil se répandre sur nos paupières. Nous avons senti un poids se soulever de nos épaules, le ravissement de la liberté.

Des libellules descendaient pour effleurer la surface du ruisseau tels de minuscules et incroyables hélicoptères vert et bleu.

— Elles passent quatre-vingt-quinze pour cent de leur vie sous l'eau, m'a gentiment expliqué Jack.

Il était fan d'insectes. Fan de tout ce qui était en rapport avec la faune et la flore, à vrai dire.

— Sous forme de nymphe. Tu sais, de larve. Les nymphes de libellules ont de grosses mâchoires énormes. Ce sont de féroces prédateurs.

— C'est intéressant, ça ? a demandé Jen en penchant la tête sur le côté.

Pas méchamment, juste de façon spéculative. Elle ne savait pas trop quoi penser pour l'instant.

— Un jour, elles sortent de l'eau, deviennent belles et apprennent à voler, a poursuivi Jack.

— Et ensuite elles tombent raides mortes, a ajouté Rafe.

— Tout le contraire des humains, a sorti David. Nous, on devient moches avant de tomber raides morts. Des *décennies* avant de passer l'arme à gauche.

Oui. C'était bien connu.

Cette injustice a volé au-dessus de nos têtes avec les libellules.

— On nous a accordé beaucoup de choses, a proclamé Terry à la proue du navire.

Il a voulu se lever, mais Rafe l'en a dissuadé – il risquait de renverser le bateau. Alors à la place, il s'est rassis et a pris une voix caverneuse et suffisante de prédicateur.

Il a fait remonter ses lunettes le long de son nez avec son majeur.

— Oui, on nous a accordé bien des dons, a-t-il déclamé. Nous, les descendants du peuple des singes. Des pouces opposables. Un langage complexe. Au moins un semblant d'intelligence.

Mais rien n'était gratuit, a-t-il continué. En observant les parents dans l'intimité de leur chambre d'une nuit, il avait été frappé par la sévérité de leurs afflictions. Ils avaient des ventres bedonnants et des seins qui pendouillaient. Ils avaient des doubles culs – des culs qui dépassaient, puis s'affaissaient avant de ressortir plus bas. Des veines protubérantes. De la graisse dans le dos évoquant un tas de beignets. Des nez rouges couverts de pores semblables à des cratères, des poils noirs qui s'échappaient des narines.

Nous étions punis par l'âge mûr, puis par une longue décrépitude, a déclaré Terry d'un ton funèbre. Notre espèce – notre segment démographique parmi les espèces, a-t-il corrigé – avait depuis longtemps dépassé sa date d'expiration. Elle s'était transformée en déchet, en fléau, en plaie, en croûte. En membre atrophié. C'était ça, notre rôle futur.

Mais nous devions nous reprendre en main, a-t-il ajouté en une tentative soudaine de conclure son discours sur une note inspirante. Nous devions rassembler notre courage ! Notre force ! Comme Icare, nous devions nous élever grâce à des ailes aux plumes chatoyantes et nous envoler, là-haut, tout, tout là-haut, vers le soleil.

Nous avons réfléchi à ses propos pendant quelques instants.

Ça claquait pas mal, mais c'était vide de sens.

— Tu sais que c'est de sa faute, si ses ailes ont fondu, hein ? a demandé David. Son père était un ingénieur de génie. Il lui avait dit de ne voler ni trop haut ni trop bas. Trop chaud en haut, trop humide en bas. Ces ailes, c'était de la balle, mec, Icare n'a absolument pas tenu compte des spécs. Bref, ce gamin était con.

2

Le choc quand nous sommes arrivés sur les bancs de sable torsadés et mouvants du delta : des colons indésirables s'étaient échoués sur nos côtes.

Les fois précédentes, lorsque nous étions arrivés à l'océan, les dunes étaient désertes, à l'exception d'oiseaux et d'herbes ondoyantes. Nous pouvions errer seuls sur le front de mer, parmi les bernard-l'hermite, le bois flotté et les algues.

Maintenant, il y avait d'autres gens. De la viande était en train de griller et l'odeur parvenait jusqu'à nos narines. Il y avait des parasols de plage avec des rayures rouges et blanches pétantes.

Par où étaient-ils arrivés ? On ne pouvait venir ici qu'en bateau… Ouaip : navire en vue. Au large, un majestueux yacht blanc crème et doré dansait sur l'eau avec noblesse.

Sur la plage, des ados jouaient au volley.

Nous nous sentions lésés mais n'avions aucune stratégie. Et nous ne pouvions pas non plus les sermonner. C'était un espace public.

La situation nous restait en travers de la gorge.

Si nous faisions preuve de patience, cependant, le soleil ne tarderait pas à se coucher, et nous serions seuls.

En attendant, nous avons installé notre abri de fortune de l'autre côté des eaux torsadées – un pavillon sans murs avec, en guise de toit, les bâches élimées trouvées dans la cabane à outils, et dont le vinyle partait en lambeaux.

Nous avons attaché les toiles à des buissons en lisière des dunes et les avons posées sur des cannes à pêche et des bâtons de ski. La moindre brise aurait raison d'elles. Nous avions des sacs de couchage, et pour tout oreiller, nos vêtements pliés. Mais au moins jusqu'à l'aube, pendant que les colons somnoleraient dans leurs couchettes de luxe, nous aurions notre propre empire d'eau salée et de sable.

Tout en dévorant nos sandwichs mous, nous avons regardé les mangeurs de barbecue refermer leurs parasols à rayures. Une vedette vrombissante et rutilante s'éloignait du yacht et se dirigeait vers la plage.

Mais, hé ! C'était quoi, ça ?

Des espèces de marins en uniforme blanc ont sauté du bateau munis de paquets. En deux temps, trois mouvements, d'élégantes tentes se sont dressées – des tentes haut de gamme d'un blanc crème nacré assorti au yacht, ornées sur les côtés du logo de marques spécialisées dans le matériel d'alpinisme. Avec des portes qui se rabattaient et des bâches antipluie. Quatre tentes, parfaitement alignées. Une petite ville au-dessus de la laisse de haute mer.

Nous avons regardé, bouche bée, ces belles tentes.

Tandis que nous frémissions, les jeunes du yacht ont serré leurs parents dans leurs bras pour leur dire bonne nuit. La vedette s'est éloignée en crachotant. Ils ont fait un petit feu et se sont assis autour sur des chaises de camping assorties. Même leurs bâtonnets de guimauve étaient manufacturés – nous les avons vus tenir les piques métalliques au-dessus du feu pour rôtir la guimauve.

Très bien, alors ! Nous aussi, nous allions faire un feu. Un grand feu de joie. Notre feu éclipserait le leur. Ce serait magnifique.

Nous avions apporté des bûches prises dans le tas de bois de la maison, et de vieux numéros du *New York Observer* pour démarrer le feu. Grâce à Rafe, un bidon d'essence. (La guimauve, c'était pour les bébés, non ? Et puis nous n'en avions pas.) Juicy, qui avait remporté le dernier concours en date, avait ramené quelque chose à détruire, alors notre bûcher était splendide. J'ai déposé l'objet choisi au sommet du tas : un cochon vieillot en bois coiffé d'une charlotte pour bébé. Avec de très longs cils.

Des flammes n'ont pas tardé à s'élancer en hauteur. De la fumée noire et des émanations âcres composées de gaz et probablement de peinture au plomb ont suivi le vent jusqu'aux jeunes du yacht. Bien fait pour eux, a dit Rafe. Nous avons gloussé telles des sorcières au-dessus du brasier.

Au bout d'un moment, des lampes frontales se sont approchées de nous en dodelinant. Pieds nus et hâlés, vêtus de shorts d'une longueur impeccable, les jeunes du yacht traversaient virilement à gué le delta. Certains d'entre nous se sont levés fièrement. D'autres ont adopté des postures plus soumises.

— Hé, les gars ! a lancé le grand qui menait la troupe.

Une mèche blonde lui barrait le front. Il portait un polo. Une vraie pub ambulante pour Abercrombie & Fitch.

— Les mecs ! Votre feu déchire ! J'ai de la beuh. Ça intéresse quelqu'un ?

Grand sourire.

— Putain, ouais ! a répondu Juice.

Et voilà comment l'empire s'est effondré.

À ce point de ma vie personnelle, j'acceptais la fin du monde. Du monde familier, en tout cas. Nous étions nombreux à l'accepter.

Les scientifiques disaient que la fin était en train de se produire, les philosophes, qu'elle se produisait depuis toujours.

Les historiens disaient qu'il y avait déjà eu des périodes sombres par le passé. Tout finissait par s'arranger parce qu'au bout du compte, si vous étiez patient, les Lumières arrivaient, suivies d'un vaste éventail de produits Apple.

Les hommes politiques disaient que tout irait bien. Que des ajustements étaient en cours. L'ingéniosité humaine qui nous avait mis dans cette drôle de panade nous en sortirait aussi. Un plus grand nombre de voitures passeraient peut-être à l'électrique.

Voilà comment nous avons deviné que c'était grave. Parce que, de toute évidence, ils mentaient.

Nous savions qui était responsable, bien entendu : l'affaire était pliée avant notre naissance.

J'hésitais encore sur la façon dont je l'annoncerais à Jack. C'était un petit bonhomme sensible, gentil. Débordant d'espoir et de peur. Il faisait souvent des cauchemars, au sortir desquels je le réconfortais – des mauvais rêves peuplés de lapins blessés ou d'amis qui se comportaient méchamment. Il se réveillait en gémissant : « Lapin ! Lapin ! » Ou bien : « Donny ! Sam ! »

La fin du monde – il ne prendrait pas ça bien, d'après moi. Mais c'était un peu comme pour le Père Noël.

Un jour, il découvrirait la vérité. Et si elle ne venait pas de moi, je finirais par avoir l'air d'un politicien.

Les parents persistaient dans leur tactique de déni. Pas dans le déni de la science à proprement parler – ils étaient progressistes. Disons plutôt dans un déni de réalité. Une poignée d'entre eux nous avaient envoyés à des stages de survie, au cours desquels les plus chanceux avaient appris à faire des nœuds. À dépanner des moteurs, voire à stériliser de l'eau stagnante sans filtre chimique.

Mais la plupart d'entre eux avaient une attitude simple : faire comme si de rien n'était.

Les miens cachaient la vérité à Jack. Et celui-ci se doutait déjà de quelque chose, car un instituteur de CE1 avait laissé fuiter des informations accablantes sur les ours polaires, sur la fonte de la banquise. La sixième extinction de masse. Jack s'inquiétait aussi pour les pingouins. Il était fana de pingouins – il connaissait toutes les espèces, pouvait les énumérer par ordre alphabétique et les dessiner.

Il fallait que nous ayons une discussion sérieuse, tous les deux. Mais quand ?

Je n'arrêtais pas de la remettre à plus tard. Le gamin n'avait que neuf ans ! Il ne savait toujours pas lire l'heure sur un cadran à aiguilles.

Et puis les jeunes du yacht sont arrivés, avec leur cannabis thérapeutique et leurs corps musclés. Ils avaient tous fréquenté le même pensionnat. Et venaient du sud de la Californie, de Bel Air, de Palos Verdes et des Palisades.

Nous avons tout de suite vu que là-bas, c'était différent.

— Vos vieux, a commencé le mâle alpha, défoncé. (Ils avaient apporté leurs chaises de camping : s'asseoir sur des serviettes, pas pour eux.) Ils ont déjà leur maison-bunker ?

— Une maison-bunker ? a demandé Sukey.

Elle a pris une taffe. L'a gardée dans ses poumons. Elle était assise un peu trop près de lui, semblait se complaire dans l'aura Abercrombie.

— Tu veux dire, genre une maison-bunker avec des plantations de beuh autour ?

— T'es marrante, a constaté l'alpha.

Il lui a donné un coup d'épaule musclée. Joueur.

Il s'appelait James. Ne voulait pas du diminutif « Jim ».

— Hilarante, a dit Sukey en passant le joint à Juice.

— Tu sais, une maison pour survivre en temps de chaos ? La nôtre est à Washington, a expliqué un autre jeune du yacht.

Il avait un bandana froufroutant noué autour du cou. Mauvaise idée, vraiment. D'un point de vue vestimentaire, il était visiblement leur équivalent de Low.

— L'État de Washington, pas la ville, a-t-il précisé. Évidemment.

— La nôtre est dans l'Oregon, a confié James. L'installation solaire est ouf. On dirait la centrale d'Ivanpah. Onze générateurs de secours.

Juice ne savait absolument pas de quoi ils parlaient, mais ce genre de détail ne l'avait jamais arrêté.

— Non, ouais. Onze, ça paraît exagéré, a-t-il sorti.

James a penché la tête, patient mais avisé.

— Dans les maisons-bunkers, en matière d'ingénierie, la redondance est primordiale, a-t-il expliqué. Les points de défaillance multiples sont la clé. L'architecture des systèmes intégrés.

— Sans vouloir te vexer, suis-je intervenue, on ne pige rien à ce que tu racontes.

— Parle pour toi, a objecté Sukey.

— Ah ouais ? ai-je rétorqué. D'accord, Sukey. Instruis-moi.

— Hé, Jack ! a-t-elle crié. Tu veux un dessert ? Viens ici ! Ils ont ramené des *s'mores*[1] !

Évitement classique. Il fallait reconnaître qu'elle était douée.

— Faut que j'aille aux W.-C., a répondu Jack en pleurnichant un peu.

— Fais pipi dans l'océan, p'tit gars, a dit James. L'océan est vaste. Il ne peut sûrement rien faire pour lutter contre l'effondrement de son PH, mais ta pisse, il peut gérer.

Jack, timide, a secoué la tête.

Il avait lu un livre consacré aux animaux effrayants. Quand vous faisiez pipi en eau vive, un poisson à piquants pouvait remonter le courant d'urine et se frayer un chemin à l'intérieur de votre pénis. Un poisson de rivière qui vivait dans l'Amazone, et qui était probablement mythique, mais il avait lu ce livre à huit ans, et je le soupçonnais de s'en être souvenu à l'instant.

— Je vais l'emmener, ai-je décrété avant de me lever pour jouer les grandes sœurs.

— C'est la grosse commission, a chuchoté Jack de manière pressante tandis que nous nous engagions dans les dunes.

— Bouge pas, je vais chercher le papier-toilette.

De retour au pavillon, tandis que je farfouillais dans nos réserves à la lueur faiblarde d'une lanterne, j'entendais les bavardages autour du feu.

— Il paraît que la maison-bunker de Missy T. est en

1. Petits sandwichs sucrés composés de biscuits, de guimauve et de chocolat.

Allemagne, a dit un jeune du yacht à un autre. Ce gros bunker sous les montagnes ? Un machin de la guerre froide construit par les Soviets ?

— Vivos. Le bunker a même son propre arrêt de train.

— Il a été conçu pour résister en cas d'explosion nucléaire à proximité.

— La menace nucléaire. Tellement pittoresque !

— On se dit : si seulement c'était ça ! Pas vrai ?

— Comparé au problème climatique, le nucléaire paraît gentillet. C'est un peu comme avoir peur des canons.

— Des lance-pierres.

— Des khépeshs.

— Des falcatas de Canaan.

Je n'étais pas à jour sur Canaan. J'irais peut-être voir sur Google plus tard.

— Ils ont une chambre forte à ADN. La vôtre en a une ?

— Nan. Mais il y a une banque de sperme. Non hybride.

— Missy. Putain. On ne verra plus jamais son cul. À ce stade-là, les avions ne voleront plus. Même pas le Falcon 900 de son papa.

— Adieu, régulation du trafic aérien. Adieu, Missy.

— Dommage, mec. Missy est la reine de la pipe.

— Mais trop ! Fait chier !

Il fallait que je garde ces types à distance de Jack.

Mais ça n'a été qu'une fois la nuit tombée, une fois bien détendus par une variété d'herbe appelée l'Oracle – vendue 800 dollars les trente grammes, d'après James –, que les jeunes du yacht ont évoqué les préparatifs auxquels se livraient leurs familles en vue de la fin des temps.

Le jour, ils jouaient au beach-volley. Pendant des heures. Ils ne semblaient jamais s'en lasser, et avaient un talent certain pour la chose. J'imaginais bien les filles concourir aux JO d'été, leurs corps luisant agissant comme des aimants à caméra. Parfois, elles s'octroyaient des pauses pour batifoler dans les dunes ou bronzer – je croyais que cette pratique s'était évanouie au XXe siècle, mais les jeunes du yacht se moquaient bien du cancer de la peau. S'ils vivaient assez longtemps pour choper quelques mélanomes, pensaient-ils, ils feraient péter le champagne.

Il y avait deux filles et quatre garçons. Ils étaient en infériorité numérique par rapport à nous, mais se rattrapaient par leur force physique. Même si nous nous mettions tous ensemble pour former une équipe, nous ne pourrions pas les battre. Nous ne pourrions même pas les égaler.

Nous avons choisi d'en rire. Seule façon pour nous de sauver la face.

À intervalles réguliers, ils prenaient des nouvelles de leurs parents, qu'ils flattaient bassement. J'ai entendu le gars au bandana noué autour du cou complimenter sa mère sur un abominable paréo violet et orange.

D'après James, leurs parents étaient leur police d'assurance. Il fallait maintenir des relations diplomatiques.

— Mais enfin, même si vous vous comportiez comme des connards, ils ne vous abandonneraient pas, a sorti Jen le deuxième soir.

Les parents du yacht avaient fait leur apparition en fin de matinée et étaient restés assis à boire dans un état de douce paralysie – un peu comme nos parents à nous –, jusqu'au coucher du soleil. Puis ils étaient repartis pour siroter un dernier verre sur le pont. Trois membres de la coquerie leur avaient servi le déjeuner et le dîner sur la plage, et leur avaient aussi préparé des cocktails depuis un bar portatif.

En me promenant sur le sable, j'avais remarqué que le nom *Cobra* était écrit en lettres d'or sur le yacht. Contrairement à la grande maison, ce n'était pas une location. Il appartenait au père de James – un « CR », pour reprendre ses termes.

Ça signifiait « capital-risqueur », avait expliqué Terry, exaspérant – comme si nous ne le savions pas.

Enfin, techniquement, je ne savais pas, mais ça me disait vaguement quelque chose.

La mère de James manquait à l'appel. Elle était probablement vivante, mais les yeux devenaient vitreux quand on posait la question. Le père avait une troisième épouse qui avait quatre ans de plus que James, et qu'il exhibait comme un trophée. Elle était mannequin, nous avait expliqué une fille du yacht prénommée Tess.

J'avais couché Jack à côté de Shel. Il lisait avec sa lampe frontale à l'autre bout du pavillon. *Ranelot et Bufolet, une paire d'amis*, son livre préféré. Venait ensuite la série des *George et Martha*. Deux gentils hippos. Platoniquement dévoués l'un à l'autre.

Il était capable de lire des livres bien plus difficiles – des livres sans images –, qu'il aimait aussi. Mais il était nostalgique de ses bons vieux bouquins.

— Vous seriez toujours leurs enfants, a insisté Jen. Quoi, quand les eaux monteront, ils vous laisseront vous noyer de l'autre côté de l'enceinte ?

— C'est une question de capital interpersonnel, a expliqué James. Nous préférons ne pas le gaspiller.

On veut des A partout. Un dossier irréprochable. Sans tache. Conserver une moyenne globale très élevée.

Il était assis à côté de Sukey et de Jen, qui l'encadraient. Moi, j'étais assise en face d'eux, neutre comme la Suisse. Personnellement, je n'éprouvais pas le désir de coucher avec James. Il était assez beau, ou genre, mais il me faisait penser à de la margarine. À des baskets toutes raides qu'on vient d'acheter. Peut-être à un rouleau de papier-toilette épais et blanchi à la Javel.

— Mais comment vous vous en tirez à si bon compte ? a demandé Sukey. Parce que bon… Les drogues. Le sexe. J'en passe et des meilleurs. Vous vous défoncez. Vous baisez. Ça rapporte une moyenne globale très élevée, ça, dans le sud de la Californie ?

— Eh bien. Ce sont des stratégies d'adaptation, a sorti James.

Il avait toujours réponse à tout.

— Prudence est mère de sûreté, a ajouté Tess. Puis-je avoir le bong ?

— *Henry IV*, première partie, a dit James en passant le bong. Acte V, scène 4. Falstaff.

— On déforme souvent cette citation, est intervenu le type au tour de cou. Désolé, Tess. « Le meilleur courage est dans le discernement dans lequel j'ai pu sauver ma vie. » Vers 3085-3086.

— Falstaff fait le mort sur le champ de bataille, a acquiescé James. Puis il justifie sa lâcheté.

Les jeunes du yacht avaient eux aussi un jeu. Intitulé : « Mémorise Shakespeare. »

— Démérite, démérite, démérite, a pesté Rafe.

Le troisième jour, à l'heure du déjeuner, les vivres sont venus à manquer. Quelqu'un avait laissé la grande glacière ouverte et des mouettes, perchées sur son rebord, avaient déchiqueté les paquets de pain avec leurs becs puissants. Le sable était jonché de fragments de fruits et de fromage qu'elles n'ont pas tardé non plus à lacérer – les mouettes étaient très différentes des cerfs. Elles ne se dispersaient pas quand nous criions, ou si elles le faisaient, c'était surtout pour la galerie. Elles revenaient tout de suite.

Juchées sur nos grils, elles se sont mises à picorer. À engloutir.

Alors nous avons baissé les bras.

J'éprouvais de l'amertume en pensant au paquet de biscuits que j'avais gardé exprès pour plus tard.

— Il faut qu'on aille chercher du ravitaillement, a décrété Terry quand les accusations ont cessé. Deux d'entre nous doivent remonter le cours d'eau.

Ou alors on rentre maintenant, a suggéré Rafe. Les toilettes avec chasse d'eau me manquent.

— Jamais de la vie, s'est opposée Jen. J'ai encore des trucs à voir avec James.

Terry lui a décoché un regard blessé. Elle l'a ignoré.

— On tire à la courte paille, a dit David.

Nous nous sommes servis de seigle de mer. Nous ne l'avons pas arraché – Jack nous a dissuadés de blesser les plantes –, mais découpé proprement à l'aide d'un canif. Les brins les plus courts sont allés à Terry et Rafe, qui ont transporté les glacières vides jusqu'au bateau et se sont mis à ramer. De toute évidence, Terry boudait.

Une fois que le bateau a disparu sur le ruisseau, certains d'entre nous sont allés traîner du côté des jeunes du yacht. Ils étaient en train de se régaler de sandwichs au homard. Dee avait trouvé du gel hydro-alcoolique à côté de la table du chef et s'en enduisait le corps comme s'il s'agissait de crème solaire – ses réserves personnelles avaient dû se tarir. Sukey, Jen et moi avons pris des cannettes de soda dans la glacière de la bande du yacht. Ensuite, nous nous sommes assises à côté de Tess à l'ombre de son parasol. Low est resté debout au-dessus de nous et potentiellement, il nous matait. Plus de place sur la serviette de plage de Tess.

— C'est notre dernière nuit, a annoncé celle-ci en trempant une crevette dans de la sauce rouge. On part pour Newport demain matin.

— Déjà ? s'est étonnée Sukey.

— Vraiment ? a demandé Jen.

Leurs voix étaient teintées de déception.

— On devait partir hier, a poursuivi Tess tout en mâchant. Mais James les a convaincus de rester. Pour une raison obscure.

Sukey et Jen se sont regardées. Sukey a bu une lampée de soda, a tendu l'une de ses longues jambes, a pointé ses orteils et remué le pied. Jen a attrapé une crevette dans le gobelet de Tess et l'a gobée.

J'ai regardé les petits globes oculaires noirs des crevettes sur leurs tiges.

— Observe. Elles vont se battre pour savoir qui aura la chance de coucher avec ce connard aryen, m'a dit Low tandis que nous nous éloignions tous les deux.

Maintenant que les choses se corsaient, les jeunes du yacht étaient trop WASP pour lui. Il était un bijou de la jeunesse kazakhe, se plaisait-il à dire – étudiait l'histoire pour pouvoir crâner en parlant des hordes mongoles. Il avait envoyé un prélèvement de joue par la poste à une boîte spécialisée dans les tests génétiques, et d'après les résultats, il était le neveu de Genghis Khan.

À quelques générations d'écart. Mais *grosso modo*, ouais, nous avait-il assuré.

Je suis allée sur la plage avec Jack chercher des

bigorneaux (rugueux, jaunes et communs, m'a-t-il appris). Les vagues lui faisaient un peu peur, alors il n'est pas resté dans l'eau, contrairement à moi. À la place, il s'est installé au bord d'une mare résiduelle pendant des heures, à chercher des poissons et autres petites créatures. Il replaçait soigneusement chaque pierre qu'il soulevait, en prenant soin de ne pas blesser les crabes.

Moi, je me suis assise pour contempler les vagues et le ciel. C'était mon activité préférée quand j'étais au bord de la mer. J'essayais de disparaître dans les étendues d'eau et d'air. Je poussais mon attention de plus en plus haut, à travers l'atmosphère, jusqu'à ce que je puisse presque imaginer que je voyais la Terre. Comme les astronautes quand ils sont allés sur la Lune.

Si vous pouviez n'être rien, vous pouviez aussi être tout. Une fois mes molécules dispersées, je serais ici à jamais. Libre.

Une part de l'intemporel. Le ciel et l'océan seraient également moi.

Les molécules ne meurent jamais, songeais-je.

N'était-ce pas ce qu'on nous avait expliqué en chimie ? Ne nous avait-on pas dit qu'une molécule du dernier souffle de Jules César se trouvait, statistiquement parlant, dans chacune de nos inspirations ? Même chose pour Lincoln. Ou nos grands-parents.

Des échanges et des mélanges de molécules, à l'infini. Des particules qui avaient un jour été d'autres gens, et qui désormais se mouvaient à travers nous.

— Evie ! s'est exclamé Jack. Regarde ! J'ai trouvé un dollar des sables !

Voilà ce qui était triste pour mes molécules : elles ne se souviendraient pas de lui.

Quand nous sommes revenus, les cuisiniers étaient passés du déjeuner au dîner. Le ciel était hachuré de bandes rose pâle et, événement rare, deux parents du yacht nageaient. J'ai vu notre barque verte sortir de l'enchevêtrement de roseaux et de broussailles marquant l'embouchure de la rivière, puis s'engager dans le delta.

Il y avait trois passagers désormais, pas deux.

— Qui est-ce ? a demandé Jack qui regardait le bateau en plissant les yeux.

Je n'arrivais pas à voir.

Une grande partie de notre groupe était avec les jeunes du yacht, là où il y avait de la nourriture et des boissons. Seuls Low et Val traînaient à proximité de notre pavillon. Alors que nous nous dirigions lentement vers eux dans le sable, nos chaussures humides pendues au bout de nos doigts repliés, j'ai vu surgir quelque chose – quelque chose de complexe et de sombre.

Ils avaient construit un immense château de sable, une tour qui se terminait en pointe. La base était circulaire, et une succession de couches semblables à des étagères s'élevaient en spirale. Low et Val, du sable dans les cheveux et sous les ongles, se trouvaient de part et d'autre de l'édifice, munis de marmites et de spatules.

— J'ai eu une vision, a annoncé Low.

— Vision, a répété Val.

— D'une tour, a poursuivi Low.

— Je vois ça, ai-je dit.

— C'est cool, a lancé Jack en levant les yeux.

— Hein ! s'est exclamé Low qui s'était retourné pour regarder le bateau. Attends. C'est Alycia ?

Nous avions même oublié à quoi elle ressemblait.

Nous avons fait des signes et attendu que le bateau se rapproche. Rafe ramait. Terry a sauté hors de la barque et a tiré la proue sur le banc de sable. Alycia, qui portait une longue robe en soie et des chaussures argentées, a posé délicatement le pied au sol.

La brise marine plaquait sa robe légère contre son corps. Les os de ses hanches faisaient saillie de part et d'autre de son ventre concave.

Un jour, j'ai vu une photo de vaches sacrées sur les bords du Gange. Affamées.

— C'est quoi, cette tenue ? ai-je demandé.

— Pas eu le temps de me changer. J'ai dû décamper en vitesse.

Elle s'est débarrassée de ses chaussures et a passé sa robe par-dessus sa tête. Elle s'est retrouvée en soutien-gorge en dentelle et en string.

Certains pères du yacht avaient le regard scotché dans notre direction.

— Evie, a murmuré Jack comme un souffleur au théâtre. Elle est nue !

— Écoute, gamin, a dit Alycia. C'est quoi ton nom déjà ?

— Jack ? a répondu Jack.

— OK, OK. Eh bien, Jack, je peux te montrer ce que c'est qu'être nue si tu veux. Mais là, je ne suis pas nue. Tu vois ce bout de tissu ? On appelle ça des sous-vêtements.

— Mais je vois ta zézette.

— Jack, c'est ton jour de chance.

Elle nous a tourné le dos, a barboté dans l'eau peu profonde avant de plonger. Avec la grâce d'un dauphin.

Les pères du yacht la contemplaient tels des badauds. Elle fendait les vagues en crawl.

— Pourquoi c'est mon jour de chance ?

J'ai ébouriffé les cheveux de Jack.

— Bon, elle était dans ce bar miteux en ville avec un

mec plus âgé, a expliqué Rafe en avançant sur le sable chargé d'une minuscule glacière. Elle lui faisait genre un strip-tease. Son père est entré et a complètement vrillé. Il a balancé qu'il allait faire arrêter le type. Il voulait porter plainte. Pour viol. Enfin, manifestement, plutôt atteinte sexuelle sur mineure.

— Viol, a répété Val en hochant la tête. Mais plutôt atteinte sexuelle sur mineure.

— Le type a prétendu croire qu'elle avait vingt-quatre ans. Mais écoute bien : il s'avérait que le père était là pour un rancard Tinder. Ce qu'Alycia savait, parce qu'elle avait vu la fille swiper sur son téléphone avant qu'il arrive. Alycia lui a sorti : « Ça plairait pas des masses à maman, ça, hein ? Alors je propose qu'on se la boucle tous les deux. » Bref, chantage.

— Chantage, a répété Val. Bref.

Le comportement d'Alycia avec Jack ne m'avait pas plu. Mais la vache ! Elle n'avait pas froid aux yeux.

Nous avons reçu une invitation du yacht : une fête se tiendrait à bord du *Cobra* pour sa dernière soirée dans notre crique. Nous étions conviés.

Je pariais que la présence d'Alycia avait inspiré cette invitation.

Les filles voulaient toutes y assister, à l'exception de Val. Les garçons non, au début, à l'exception de Rafe, qui aimait tout ce qui était opulent.

Nous nous sommes pris le bec.

— Vous fraternisez avec l'ennemi, a balancé Low.

J'étais d'accord avec lui, quoique, ces jours-ci, chaque fois que je me sentais proche de lui, j'éprouvais un dégoût mineur mais persistant en me souvenant de la banane. Et aussi un agacement proche du regret parce que Low, sans son haleine de banane, et si vous troquiez sa garde-robe actuelle contre des vêtements moins hideux, aurait pu passer pour beau.

Ça m'a fait réfléchir à la frontière entre le « beau » et le « pas beau », qui était vraiment ténue. Et pourtant – si elle existait, il ne valait mieux pas la franchir.

Mais il avait raison : le yacht regorgeait de parents, tout aussi nazes que les nôtres, et probablement même pires.

— Qu'est-ce qui te fait aussi peur ? a demandé Sukey. T'as rien dans le ventre ? Ou t'as juste pas de couilles ?

Un yacht, une mannequin et une dernière soirée avec l'Oracle. Passer son tour était dans le cas présent pire que fraterniser avec l'ennemi. C'était une forme d'auto-mutilation.

Jack n'était pas trop branché fêtes, sauf celles avec un château gonflable et un gâteau d'anniversaire. Il voulait passer un peu de temps avec son recueil *Ranelot et Bufolet*, mais ensuite, m'a-t-il expliqué, un autre livre l'attendait.

— L'une des mères me l'a donné. Comme pour un devoir. Elle m'a dit qu'il fallait que je le lise.

De plus, Jen était bien décidée à aller à la fête, ce qui signifiait qu'il fallait aussi surveiller Shel. Donc je n'irais pas.

J'étais déçue.

Des marins ont démonté les tentes de luxe couleur crème, les ont pliées en petits tas bien ordonnés avant de les charger dans la vedette, qui emmènerait aussi les jeunes du yacht.

— Au revoir, m'a lancé James avant d'embarquer.

Nous nous sommes serré la main.

— Je crains que nous ne nous revoyions jamais. Au revoir et à jamais.

— OK.

— Mais c'est quoi ton Snapchat ?

— Je n'ai pas le droit d'aller sur Snapchat.

— Instagram, alors.

Quand le soleil a commencé à s'enfoncer à l'horizon, la vedette est revenue pour nous chercher. Depuis le rivage, j'ai observé Alycia debout à l'avant du bateau, pieds nus dans sa robe fine et ondulante, une vraie figure de proue. Ses cheveux noirs volaient derrière elle tandis que le bateau gagnait en vitesse.

Elle ne portait même pas de gilet de sauvetage. Le pilote avait exigé de tous les autres qu'ils s'asseyent, engoncés dans leurs gilets orange qui les comprimaient. Mais il ne lui avait rien demandé à elle, semblait-il. Intimidé, peut-être.

Les jeunes du yacht nous avaient laissé le paquet de guimauve. Les cubes étaient couleur pastel mais bien gros, une combinaison rare. Jack était ravi. Il en a fait griller six d'un coup, et ses doigts étaient tellement collants après que j'ai dû lui laver les mains dans la mer qui léchait le rivage. Nous étions assis entre notre feu et la grande tour de la vision de Low – moi, Jack, Shel, Val et Low. Low et moi buvions une cannette de bière chaude.

Des rythmes de *dance* nous sont parvenus depuis la mer, puis nous avons vu les feux d'artifice. Un vrai bouquet de fleurs rouges, bleues et blanches dans le ciel au-dessus du yacht. Comme pour la fête nationale.

En fait, c'était la fête nationale, nous sommes-nous rendu compte. On était le 4 juillet.

Nous avons mis notre musique à nous sur un gros

lecteur CD portatif, mais nous n'avions qu'un seul disque, appartenant à Low : des chansons folks. Conformément à ce que laissaient supposer ses tee-shirts bariolés et ses sandales, Low aimait la musique des années 1960. « *And still somehow, it's cloud illusions I recall. I really don't know clouds... at all*[1]. »

Les piles ont rendu l'âme.

Après la chanson, quelqu'un a suggéré les histoires de fantômes. Nous avons raconté celle du meurtrier manchot qui épie les deux ados en pleine action dans leur pick-up. Ils entendent comme des bruits de griffes, mais choisissent de les ignorer. Quand ils sortent de la voiture, ils trouvent une main crochet suspendue à la poignée de la portière.

Jack a poussé un cri perçant.

Ensuite, il y a eu une histoire malicieuse dans laquelle une petite fille aperçoit deux yeux clairs au bout de son lit. Suspense, suspense, révélation : c'étaient ses propres ongles de pied, qui brillaient au clair de lune.

Pendant ce temps-là, Low se rapprochait de moi. L'une de ses jambes a touché l'une des miennes. J'ai fait comme si c'était un mouvement naturel et j'ai éloigné ma cuisse.

Et j'ai décidé de parler. Le moment était peut-être venu. Pas forcément pour Shel – il ne pouvait pas lire sur les lèvres dans le noir –, mais pour mon frère.

— Hé, Jack ? Il faut que je te raconte une nouvelle histoire maintenant. Mais une histoire vraie. Une histoire qui parle de l'avenir, Jack.

Jack me regardait d'un air endormi.

— Evie. C'est au sujet des ours polaires ? Et des pingouins ?

1. Extrait de la chanson *Both Sides Now* de Joni Mitchell.

— Oui, Jack. Des ours polaires et des pingouins. Et de nous.

Plus tard, il s'est essuyé les yeux et a redressé ses frêles petites épaules. Mon Jack était un garçon courageux.

Le lendemain, j'ai dormi jusque tard parce que je m'étais réveillée chaque fois que Jack s'était tourné et retourné. J'avais peur qu'à cause de moi il ne fasse des cauchemars. Quand je me suis levée, le *Cobra* avait levé l'ancre. Il n'y avait que le plat de l'océan à perte de vue.

Autour de moi, les fêtards dormaient, masses silencieuses dans leurs sacs de couchage. À l'exception de Rafe, étalé sur le sable à côté des braises de notre feu, et vêtu d'une toge, à ce qu'il semblait.

Et de Jack, qui m'a montré le livre qu'il était en train de lire. Une mère le lui avait donné, a-t-il répété.

— Quelle mère ? ai-je demandé.

Parce que ça s'appelait *La Bible pour les enfants : histoires tirées de l'Ancien et du Nouveau Testament.*

— La dame qui… celle qui a des robes à fleurs ?

La mère paysanne. Qui tombait dans des pots.

— Cette dame t'a offert une bible ?

Pour nos parents, l'éducation religieuse n'était pas une priorité. Alors que nous quittions la ville en voiture pour l'été et qu'il avait arrêté de jouer à Minecraft sur sa tablette histoire de faire une pause, Jack avait regardé par la vitre, pointé le doigt vers le sommet de l'église baptiste Bethany et demandé à ma mère ce que signifiait le long signe « plus ».

— C'est un tas d'histoires avec des images. Il y a

des gens et des animaux, mais pas aussi chouettes que George et Martha.

— Bon, faut dire que c'est dur de les battre.

Dans la première histoire, m'a expliqué Jack, il y avait un serpent qui parlait et une dame qui aimait vraiment les fruits. Elle s'appelait comme moi !

— Mais ça ne me plaît pas que le serpent soit le vilain dans ce livre. C'est méchant. Tu savais que les serpents sentent les odeurs grâce à leur langue ?

— De quoi parle cette histoire ?

— Ben, ça raconte que si t'as un joli jardin où tu peux vivre, eh bien, il ne faut jamais le quitter.

Aux alentours de midi, alors que les autres se réveillaient et se levaient, David s'est mis à bâiller carrément trop longtemps. J'ai quasiment pu voir ses amygdales.

— Hé. Elle est où, Alycia ? a-t-il demandé ensuite.

— Euh, elle est restée sur le bateau, a répondu Dee. Elle est partie avec eux à Rhode Island.

— Quoi ? Oh ! Oh, non ! s'est écrié David.

— Ça va grave taper sur les nerfs de son père, a dit Terry. D'ailleurs, Rafe l'a identifié. Fastoche ! Ils sont rentrés à la maison en BM vintage. Ensuite, elle a sauté de la voiture et il l'a suivie. C'est le type avec un menton fuyant qu'il cache sous un bouc.

— Cela dit, on ne sait toujours pas qui est la mère, a constaté Low.

— On ne va pas tarder à le découvrir, a répondu Terry.

— C'est ceux qui vont divorcer, a lancé Rafe.

Il avait enlevé sa toge – sous laquelle il portait un maillot de bain que j'ai reconnu, c'était celui de

James – et époussetait le sable qui la recouvrait. Il s'agissait d'un drap.

— Je me demande où on en est dans le décompte, a-t-il ajouté.

— J'ai niqué la couverture de trois parents hier soir, a dit Jen en bâillant. Ça intéresse quelqu'un ?

— Trois ? ai-je demandé, incrédule.

— Moi, j'ai fait encore mieux. J'ai niqué James, s'est vantée Sukey.

— Sérieux ? s'est étonné Rafe.

Il a arrêté de donner des chiquenaudes au drap et a secoué la tête.

— Moi aussi.

Ils se sont dévisagés.

Juicy a ri très fort.

Le drap-toge provenait de la couchette de James, a expliqué Rafe (comme si c'était une preuve).

Sukey a raconté qu'elle et James l'avaient fait dans le cockpit. Ça s'appelait comme ça, dans un bateau ?

Et puis Dee a clamé qu'elle et James s'étaient pelotés dans la salle de jeux du yacht, sur la table de billard. Ils s'étaient surtout embrassés. Il voulait plus, mais elle ne l'avait pas laissé faire.

Tous trois ont recoupé leurs récits respectifs en se référant à une tache de naissance, avant de détailler plus précisément le physique musclé de James.

— Hé ! Y a des enfants pas loin ! ai-je protesté. Calmez le jeu, les pétasses.

À l'abri d'une forteresse de couvertures, Jack lisait *La Belle Journée de George et Martha.*

Jen a changé de sujet, clairement vexée d'avoir été exclue du sex-club de James. Surtout vexée – à condition de croire Dee, et moi je n'étais pas certaine de la croire, car on savait qu'il lui arrivait de mentir – que même une vierge de bouche coincée comme elle y ait ses entrées.

Terry avait l'air satisfait.

— Du coup le jeu est quasiment terminé, a dit Jen. Et pourquoi ? Parce qu'il y a des lèche-culs parmi nous.

L'un de nous, pour faire ami-ami avec la mannequin, avait sorti pour se vanter que son père était réalisateur. Avait tout bonnement dit son nom. Avait énuméré des titres de films qu'il avait mis en scène. Tout ça pour épater la galerie.

C'était Juicy. Nous aurions dû nous en douter.

— Quelle honte, a dit Rafe. Honte, double honte !

Juice a laissé pendouiller sa tête et a craché. A donné des coups de pied dans les braises rougeoyantes.

Quelqu'un d'autre, essayant d'obtenir les bonnes grâces de James via une conversation sur les maisons-bunkers, avait affirmé que sa mère était architecte. Ce que Jen avait rapproché de propos tenus par ladite mère, qui avait évoqué la rénovation d'un appartement de grand standing sur la 5e Avenue pour un prince saoudien. C'était Dee.

Et puis – le pire, car c'était le plus étonnant –, Terry avait fait des remarques très explicites à Tess sur la localisation du point G chez les femmes. Comment en savait-il autant ? avait demandé Tess. Réponse de Terry : parce qu'il avait un gynécologue dans sa famille.

Nous savions tous qui était médecin. Elle avait essayé de nous faire une leçon collective sur les risques du papillomavirus pendant un dîner pas fameux composé de hot-dogs au tofu.

Terry a poussé un grognement et pris une bière.

— C'était l'Oracle, putain !

— Tu mets ça sur le dos de la beuh ? s'est étonnée Sukey. Pathétique.

Je me suis sentie découragée.

— Tu n'as pas gagné tant que t'es pas le dernier dans la course, a souligné Low. On est plein à avoir encore nos chances.

— Vous êtes combien à être toujours dans la course ? Quatre ? a demandé Jen. Si Evie et Jack comptent pour un ?

— Ouais, moi je suis toujours dans la course, a dit Sukey.

— Moi aussi, a dit Rafe.

— Moi aussi, a dit Low.

Pourtant, ça nous coupait dans notre élan. Le jeu avait été dévalué.

— Écoutez, les gars, a lancé Low. Je suis sérieux, là. Quand on était dans la grande maison pour récupérer de la nourriture, ils nous ont dit que le temps allait sérieusement se gâter.

— Se gâter comment ? a demandé Dee, interloquée. Elle était facilement interloquée.

— À ton avis ? a rétorqué Low. Une grosse tempête. Ils ont dit que si on n'était pas rentrés dans la matinée, ils viendraient nous chercher ici.

Nous nous sommes un peu chamaillés au sujet de la notion de docilité ; les parents avaient peut-être inventé cette histoire de mauvais temps pour que nous rentrions – c'était certes la saison des ouragans, mais avant août ou septembre, les tempêtes n'étaient généralement pas bien méchantes.

Notre résistance était peu enthousiaste, cependant. Au loin, sur l'eau, nous apercevions un banc de nuages bas. Un vent frais soufflait et la surface de l'océan était gris mat.

Nous avons rangé nos affaires à contrecœur, avons

démonté les bâches élimées et les bâtons de ski et tout entassé dans nos navires.

Assise à côté de moi dans la barque, Jen boudait toujours à cause de James. David, préoccupé, agitait nerveusement la jambe, et Jack, mélancolique, dessinait des gorfous dorés dans son carnet.

J'ai poussé le bateau et commencé à ramer, puisque les autres n'ont pas proposé de le faire.

En regardant derrière nous, je n'ai vu aucun signe évident de notre venue, hormis quelques marques et empreintes, du bois calciné et des cendres. Quelques brindilles qui n'étaient pas à leur place, peut-être. Et la grande tour, qui s'effondrait avec la marée montante. Nous étions rompus à l'exercice : ne pas laisser de traces.

Bien entendu, il y avait toujours des traces. L'astuce était de les cacher.

Nous avions à coup sûr laissé des molécules derrière nous, ai-je pensé tout en ramant. Mais rien qui trahisse notre identité. Juste de la peau, des ongles et des cheveux, emportés loin, très loin, dans la mer.

3

Nous étions fatigués et sales à force de ramer à contre-courant. Tout le monde voulait prendre une douche, et les fêtards voulaient de quoi soigner leur gueule de bois. Moi, je rêvais de quelques minutes de solitude.

Et donc, quand la grande maison est apparue de l'autre côté du lac, j'ai eu l'impression que c'était chez moi. Je pouvais imaginer que toute ma vie avait été vécue là, et pas dans un immeuble glauque de Greenpoint, Brooklyn.

Je me suis vue nager dans le lac chaque été. Allongée sur le dos dans un champ herbeux à nommer les constellations. Dévaler, les bras grands ouverts, le chemin de terre au-dessus duquel les deux rangées d'arbres se rejoignaient pour former une longue arche.

Vagabonder en liberté dans les bois cascadants.

Sauf que les parents étaient en mode panique.

Quelques voitures étaient encore garées dans l'allée en arc de cercle, mais la plupart étaient parties à l'intérieur des terres pour chercher des provisions. Des pères sortaient pour clouer du contreplaqué aux fenêtres. Ils nous ont arrêtés dans l'entrée et ont demandé à Rafe et à Terry de les aider.

Porcs sexistes, a marmonné Sukey. Elle les a suivis à l'extérieur en réclamant un marteau.

Jack et Shel ont filé dans les bois.

Dans les salles de bains, les mères remplissaient des seaux avec de l'eau qu'elles prenaient dans les baignoires. Dans la cuisine, elles triaient et comptaient les piles, alignaient des lampes torches et des lampes frontales sur le plan de travail. Les glacières que nous avions emmenées sur la plage ont été réquisitionnées.

Quelqu'un tripatouillait une radio, et dans toutes les prises électriques disponibles, des téléphones portables étaient en train de charger.

Il y avait un picotement dans l'air.

Je les ai aidées à mettre des glaçons sortis du congélateur dans des sachets fraîcheur. Mes doigts se sont engourdis. Une télé sur le mur montrait des formations tourbillonnantes. Les présentateurs météo parlaient de catégories et de vitesses du vent, de trajectoires, de cônes et de bandes. Nous avions déjà entendu ces termes. Il y avait des évacuations forcées et des gens têtus qui voulaient « l'affronter ». Des gens mourraient par pure stupidité.

D'autres parce qu'ils aimaient leur maison. Certains étaient frêles et âgés. D'autres mourraient en essayant de les secourir.

Certains d'entre nous profitaient du relâchement récent des règles : en portant pour une mère un seau rempli de glace, je suis passée devant une chambre. À travers la porte ouverte, j'ai vu Low qui se détendait pépère sur un lit parental. Zappait d'une chaîne à l'autre, cherchant mollement de quoi se divertir.

— Glandeur ! ai-je lancé en le pointant du doigt.

Quelqu'un est arrivé près de moi. Un père de petite taille. Bedonnant.

Les mains posées sur les hanches comme une bonne femme, il est resté planté devant la porte en regardant à l'intérieur de la pièce d'un air furibond.

— Lorenzo, lève-toi de ce lit !

Low a obtempéré. Léthargique. Vaincu.

— T'es tellement grillé, ai-je dit.

Je l'ai laissé à son humiliation. Ai aperçu Jen qui inspectait son maquillage dans un miroir du couloir. Je lui ai parlé de l'identité de Low.

— Un homme à terre. Encore trois à abattre, a-t-elle conclu.

Dans le petit salon, ma mère était agenouillée devant le bar comme devant un autel.

— On pourrait aussi utiliser du bourbon, du sherry, de la vodka et du vermouth, disait-elle à son téléphone.

Comme nous ne nous étions pas vues depuis des jours, je lui ai fait signe de la main. Elle m'a aperçue mais m'a complètement ignorée.

— Prends au moins quatre bouteilles de Bulleit, a-t-elle dit à son téléphone. Attends. Ils ont le format maxi ?

J'ai commencé à m'inquiéter pour Jack, alors je suis sortie le chercher. Je suis passée en courant devant les courts de tennis, en direction du bosquet où se trouvaient les cabanes.

Pas de Jack à l'horizon, mais j'ai aperçu les jumelles qui se disputaient avec acharnement une poupée. Elles ne m'ont pas vue approcher, je crois, car avant que j'aie pu les apostropher – je voulais leur demander si elles savaient où était mon petit frère –, celle prénommée

Kay a brusquement lâché la poupée. Sa sœur est tombée par terre, sur le dos.

Ensuite, Kay a pris une pierre, s'est penchée au-dessus de sa sœur et la lui a balancée sur la tête. Fort.

— C'est quoi ce bordel ? ai-je hurlé.

Je me suis précipitée vers Amy – Kay a empoigné la poupée et s'est carapatée en grimaçant – et je suis tombée à genoux dans l'herbe.

— Amy ! Amy !

Du sang sur son front. Une entaille visible. La gamine était pâle. Immobile.

— Merde, merde, oh merde !

Je n'avais pas reçu de formation pour ça. Les compétences que j'avais acquises au camp de survie auquel j'avais participé dans les monts Poconos se limitaient aux courses à trois jambes et au jeu du drapeau.

Mais elle était petite et légère, alors malgré la voix dans ma tête qui me demandait *Est-ce vraiment une bonne idée de la déplacer ? Bah, tant pis*... je l'ai prise dans mes bras et j'ai ramené son corps mou jusqu'à la maison en titubant.

La mère de David est devenue hystérique pendant que quelqu'un appelait les secours. Le seul médecin parmi les parents – la mère de Terry, comme nous le savions désormais – était à des kilomètres en train de remplir un Caddie.

D'après quelqu'un, Amy était peut-être commotionnée. Elle avait perdu connaissance. Même si personne ne m'a remerciée, je me sentais légèrement héroïque.

Le temps qu'une ambulance arrive et qu'une équipe de secouristes mette le pied à terre, les préparatifs en vue de la tempête ont été suspendus. La mère de David était penchée au-dessus d'Amy sur le canapé, ma mère à moi était penchée au-dessus de la mère de David, et quelques pères étaient agglutinés autour.

— Est-elle dans un état végétatif persistant ? a demandé d'une voix chevrotante la mère de David. A-t-elle des lésions cérébrales ?

D'une main plate évoquant une planche, ma mère a tapoté son épaule à la manière d'un robot.

— Peu probable. D'un point de vue statistique.

Ma mère était naturellement douée pour prendre soin des autres.

Les secouristes sont entrés et ont fait ce qu'ils avaient à faire – j'étais trop loin pour voir, mais rapidement il est clairement apparu qu'Amy survivrait sans passer par la case coma. Ses jambes, qui se terminaient par des socquettes à rayures rouges et des babys Hello Kitty roses, frappaient dans un coussin du canapé en faisant les ciseaux. J'ai entendu un geignement révélateur.

— Maman ! Kay est super méchante ! Elle m'a tapée ! Elle a pris Lacy !

Il fallait toujours que je retrouve Jack. Peut-être que Kay l'avait lui aussi frappé avec une pierre. Qu'elle s'était enfuie avec son bien le plus précieux (un pingouin en peluche de soixante centimètres de haut du nom de Pinguino). Peut-être que la psychopathe en herbe faisait elle aussi des réserves à sa manière : en amassant les jouets des autres.

Quelques minutes plus tard, en allumant une lumière dans le garde-manger où je cherchais de la nourriture, j'ai vu David, qui avait été singulièrement absent de la foule autour de sa sœur blessée. Il était assis par terre dans un coin. À côté de lui, une bouteille.

— T'as pas assez bu comme ça hier soir ?

— J'ai carburé au Coca sur le yacht. Je suis resté sobre. J'ai cru devoir saboter.

— Pardon ?

— Je ne savais pas qu'Alycia resterait là-bas. Elle n'a rien dit. Elle était trop occupée à draguer un père dégueulasse. C'est de sa faute. Pas vrai ? Coucher avec l'ennemi… Et puis je ne savais pas qu'une tempête approchait. Je n'en avais pas la moindre idée.

— Comment ça, saboter ?

— Ces parents, sur le yacht, ils sont pires que tout. Ce sont eux, les gens qui ont bouffé la planète.

— David. Qu'est-ce que t'as fait ?

— Au début, j'ai pensé percer le réservoir à essence. Mais tu vois… Du carburant dans l'océan, les poissons qui meurent. Je ne voulais pas m'abaisser au même niveau qu'eux. Alors j'ai simplement codé un petit virus dans le système de navigation

Je l'ai regardé, bouche bée. J'ignorais complètement qu'il était aussi extrême.

— T'aurais dû voir ces parents. Les entendre. On aurait cru de la viande avariée.

— Mais. Ce virus. Tu veux dire que…

— Le yacht n'arrivera pas à Newport, a lâché David avant de soulever la bouteille et d'en boire une lampée.

C'était du champagne. Le liquide a formé de l'écume autour de sa bouche. A dégouliné le long de son cou et mouillé sa chemise.

Écoute. Le moteur a démarré sans problème. Leur équipage peut réparer ça. C'est probablement déjà fait.

David a secoué la tête.

— Je ne pense pas.

Il avait l'air si abattu que je me suis installée à côté de lui par terre. Je lui ai donné un petit coup d'épaule.

— Ils ne jurent que par les systèmes de secours. Pas

vrai ? Et ils sont pleins aux as. Ils retomberont sur leurs pieds. J'en mettrais ma main à couper.

Peu après, j'ai entendu un martèlement, et puis une mère qui demandait qu'on l'aide à trouver de la nourriture pour chiens.

Les préparatifs en vue de la tempête avaient repris, et j'ai laissé David face à sa culpabilité. Il fallait que je retrouve mon frère.

Dans le grenier, Jack avait installé Pinguino et sa collection de livres sur le lit superposé du bas, mais était introuvable.

Dans la serre, Jen et Terry étaient en train de se peloter. Ils se sont écartés l'un de l'autre quand j'ai passé une tête.

— Sérieux ?

— Hé, ils nous ont demandé de venir récolter les fruits, s'est justifiée Jen.

— Et on n'a pas pu résister, a ajouté Terry, vaniteux au possible. Je veux dire, cet endroit est à nous. On y a une histoire.

— Cet endroit est à nous ? Dégueu. La ferme, tu veux bien, l'a cassé Jen.

Ils ont repris la cueillette des tomates cerises. La serre se résumait à quatre parois en verre cassé et à des étais tout fendus, mais quelques légumes poussaient encore parmi la jungle de mauvaises herbes.

Personne dans la cabane à outils.

Personne dans le hangar à bateaux.

Dans les cabanes perchées, il n'y avait que des initiales.

Mais au bout d'un moment, au bord d'une crique boueuse qu'on ne voyait pas de la maison à cause d'un écran de broussailles et de joncs, j'ai trouvé les petits garçons.

Ils avaient une boîte à chaussures et deux filets – des filets à papillons qui venaient du coffre à jouets. Ils étaient accroupis à côté de la boîte dont ils refermaient le couvercle quand je me suis approchée.

— Jack, je t'ai cherché partout !

— Pardon, Evie.

— Qu'est-ce que vous faites ici ?

— On collecte !

Il aimait bien collectionner des choses de la nature – mousse, fleurs, cailloux – et fabriquer ensuite des dioramas miniatures sur des plateaux ou dans des moules à gâteau. Il insérait des points d'eau parmi les plantes, plaçait parfois dans ses scènes des vairons et des têtards capturés à l'aide d'un gobelet ou d'un pot. Très vite, il s'inquiétait pour leur bien-être et les ramenait au lac.

L'une de ses collections était si belle que j'avais eu envie de rapetisser pour vivre à l'intérieur. Il y avait de minuscules arbres faits de brindilles, des buissons en lichen, un pont en écorce incurvée. Il y avait une grotte en cailloux et un ensemble de mares dans des coquilles de moule. Une chrysalide argentée était suspendue à une tonnelle en feuilles et en bâtons. Il espérait en voir émerger un beau papillon.

Cela n'est pas arrivé.

— D'accord. Mais il vaudrait sûrement mieux rentrer à la maison.

Shel a secoué la tête et dit quelque chose en langue des signes – il en avait enseigné les rudiments à Jack.

Shel était capable de parler, mais ne le faisait presque jamais.

— Faut qu'on fasse plus, a affirmé Jack. Evie. C'est important.

— La tempête, c'est important aussi.

— C'est justement *pour* la tempête, a-t-il répondu. D'un ton déterminé.

— Écoute. Je te laisse une heure de plus. Ça te va ?

Il a regardé Shel, qui a hoché la tête.

— Et ne vous séparez pas.

— En binôme. Promis juré.

Le convoi était revenu avec un chargement tout frais de contreplaqué. Les pères commençaient à être irritables. Plus de mains que d'outils, alors nous nous servions du marteau à tour de rôle.

À son retour, Jack est venu me voir et m'a montré un doigt ensanglanté.

— Comment tu t'es fait ça ?

Et puis quelque chose a détourné mon attention : Kay passait devant nous furtivement en traînant la poupée de sa sœur par une jambe. La poupée avait encaissé les coups. Visiblement, l'autre jambe manquait à l'appel, et ses cheveux avaient été tondus. Son cuir chevelu était recouvert de prises blondes.

— J't'expliquerai plus tard, a-t-il répondu.

Je venais tout juste de me remettre à calfeutrer une fenêtre quand une main s'est posée sur mon épaule.

Le père d'Alycia, le mec au bouc et au rancard Tinder.

— Euh, Edie, c'est ça ?

— Eve.

Clairement, dans leur famille, ils avaient un problème avec les noms.

— Eva. Sais-tu où se trouve ma fille ?

Merde. Pourquoi moi ?

C'était décidé : j'allais lui parler du yacht. Mais

allais-je lui parler des problèmes de navigation que celui-ci rencontrerait peut-être ?

Je ne voulais pas impliquer David.

Et pourtant.

J'étais debout avec mon marteau. Il me paraissait lourd.

— Elle n'a pas choisi de rentrer avec nous.

Sa bouche est restée entrouverte.

— Pardon. Tu veux dire qu'elle est restée là-bas ? Toute seule ? Sur la plage ?

À côté de moi, Sukey a elle aussi cessé de marteler.

— Elle a levé les voiles pour Newport, a expliqué Sukey avec sa franchise habituelle. Sur un yacht qui s'appelle le *Cobra*. Propriété d'un spécialiste du capital-risque.

— Ha ! Ha ! Non, sérieusement, a répondu le père barbichu.

— Sérieusement, a soutenu Sukey.

— C'est une blague !

— Nan, a dit Sukey avant de se remettre à marteler.

En tournant les talons, le père paraissait abasourdi.

Et puis la mère gynécologue a descendu les marches de la salle du petit déjeuner.

— Ils disent que c'est une tempête de catégorie 4. Avec des vents allant jusqu'à 225 km/h !

— Toute cette hystérie pour rien, a déploré le père court sur pattes.

(Celui de Low, me suis-je souvenu avec un sursaut de satisfaction.) Il avait une bouteille de bière à la main. N'avait pas levé le petit doigt pour aider à calfeutrer les fenêtres, se contentant de regarder et de critiquer.

— Vous allez voir, a-t-il ajouté.

Une autre mère a passé une tête à l'extérieur.

— Salut. Où est Alycia ?

Pas encore ! J'ai soupiré.

— Sur un yacht à destination de Rhode Island, ai-je répondu.

— La nourriture est excellente sur ce bateau, est intervenue Dee. Le chef travaillait Chez Panisse, avant.

J'ai préféré ne pas regarder le visage de la mère à cet instant précis. Tout le monde savait qu'Alycia ne mangeait pas.

Nous n'en avions toujours pas fini avec les fenêtres quand la pluie s'est intensifiée. Les pères ont laissé tomber, se sont raclé la gorge, ont secoué la tête et se sont retirés pour préparer des cocktails.

Lorsque le coup de sifflet annonçant le dîner a retenti, nous avons fondu sur la salle à manger, affamés. La pluie tambourinait régulièrement contre le toit, mais la pièce était immense et le son se dissipait. Un splendide lustre était accroché à une poutre haute – il avait un jour appartenu à Teddy Roosevelt. En tout cas c'était ce que prétendait un classeur à trois anneaux. Qui contenait l'histoire de la maison.

— Le mec en fauteuil roulant, avait acquiescé Juicy d'un air entendu quand nous l'avions lu.

Il y avait aussi une longue table digne d'un roi. Qui n'était pourtant pas assez grande pour tous nous accueillir. La maison n'avait pas été bâtie pour recevoir autant de convives – nous avions obtenu la permission spéciale de loger dans le grenier –, alors des tables de jeu avaient été alignées le long d'un mur pour contenir le trop-plein. Habituellement, à l'heure du dîner, nous nous précipitions pour nous installer à ces tables en raison de leur proximité limitée avec les parents.

Mais il n'y avait pas de nourriture. La table du roi

était vide, à l'exception de deux sacs rabougris de chips dentelées.

Grondement de mécontentement.

— On va compter les effectifs ! a crié la mère de Jen.

— Le dîner ! a dit Sukey avec fermeté.

— C'est des spaghettis, a révélé la mère de Jen. Allez, mettez la table.

David s'est chargé des couteaux et moi des fourchettes. Devant le tiroir à couverts, j'ai murmuré :

— T'as raconté à quelqu'un d'autre que t'avais bidouillé l'ordinateur du yacht ?

Il a secoué la tête, les yeux rivés au sol.

— Je devrais ?

— Laisse-moi réfléchir.

Mais à ce moment-là, les parents d'Alycia sont entrés. Agités.

— Les gardes-côtes ont reçu un appel de détresse ! a dit la mère. Du bateau sur lequel elle se trouve.

— Est-ce qu'ils envoient une équipe de sauvetage ? a demandé le père de Jen. Des premiers secours ?

— On n'en sait rien ! On n'en sait rien ! a crié la mère.

— On n'en sait rien, a clarifié le père.

En soulevant ma fourchette de pâtes, j'ai été frappée par le fait que les parents avaient mis leur consommation d'alcool en pause depuis au moins deux heures. La voix du présentateur météo leur avait dit de se préparer, alors ils se préparaient.

Ils n'étaient pas très doués pour agir quand on les mettait en garde contre des problèmes à long terme. Ni même à moyen terme. Mais ils avaient encore des réflexes.

— Euh, Evie, on a peut-être un petit problème, a dit Jack tandis que je terminais mon assiette.

Il était apparu derrière moi.

Je l'ai suivi dans l'escalier qui menait à la cave. Shel se tenait devant une porte close – une porte qui menait à la pièce avec la chaudière, si mes souvenirs étaient exacts.

— Écoute.

J'ai posé mon oreille contre la porte. Au début, je n'ai rien entendu, puis il y a eu un pétillement – non, un bourdonnement.

— Tu vois, elles sont sorties de la ruche ! On ne savait pas qu'elles le feraient.

— T'es en train de me dire…

— On voulait ramener toutes les abeilles, mais on n'avait pas le temps. Cette ruche, c'est la plus grosse.

J'ai reculé d'un pas.

— Jack, tu as ramené une ruche dans la maison ?

— Une goutte de pluie peut tuer une abeille.

Je l'ai imaginé en compagnie de Shel, en train de traverser le domaine tant bien que mal avec la ruche, et j'ai failli hausser le ton.

Quand nous sommes remontés, il n'y avait plus que des parents dans la salle à manger. Le vent se levait. Je l'ai vu déplacer un morceau de contreplaqué mal fixé, et j'ai entendu les branches du grand saule gratter contre les parois vitrées de la salle du petit déjeuner.

Dehors, les ténèbres régnaient, à l'exception des points orange des lampes qui éclairaient les sentiers.

— Ils sont où, les autres ? a demandé Jack.

Les autres étaient devant le téléviseur dans la bibliothèque. L'image était simple : le tourbillon régulier en spirale de la tempête.

— On peut regarder un autre truc ? a demandé Juice.

— Hé, les gars, au fait, y a une ruche dans la maison, ai-je annoncé.

La tempête nous a frappés de plein fouet au milieu de la nuit.

J'étais allongée sur mon matelas par terre, et, incapable de fermer l'œil, j'écoutais les murs frémir sous les coups des rafales de vent. Et donc, j'étais parfaitement réveillée quand une branche a traversé la fenêtre du grenier et n'en est pas restée là, puisqu'elle a arraché une partie du toit en s'écrasant.

L'électricité était coupée : actionner l'interrupteur ne servait à rien. La pluie tombait, oblique, à travers le trou béant.

Ça a été la panique. J'ai tâtonné pour aller jusqu'à Jack, qui, assis dans son lit, serrait Pinguino contre lui, et nous avons dévalé les escaliers. Les parents s'affairaient, et dans le brouhaha de voix, des lampes torches et des bougies ont été allumées.

— C'est le grand saule ! a crié quelqu'un

Dans la salle du petit déjeuner, de l'eau se déversait sur la table, et des morceaux de plâtre tombaient du plafond tandis que la pluie s'engouffrait à travers les immenses fenêtres brisées. Le tronc du saule penchait au-dessus de nous. À la lueur d'une lanterne, j'ai vu dehors : la masse déchiquetée de ses racines noires était arrachée du sol.

— Quelqu'un ! Où est le contreplaqué ? a hurlé un père.

— Allez chercher la perceuse sans fil ! a hurlé un autre.

— C'est quoi ? a demandé Low en pointant le doigt

en direction de la grande pelouse qui se trouvait derrière la fenêtre cassée.

— Lumière, s'il vous plaît ! a demandé une mère.

Des lampes torches ont été braquées.

— Ça brille, a constaté Jack.

— C'est de l'eau, a dit un père.

— Le lac est dans le jardin, en a conclu Jack.

Nous étions entourés d'eau.

— Que dit la chaîne météo ? Combien de centimètres sont tombés ? a demandé quelqu'un d'autre.

Trop de gens criaient. Les ronds lumineux des lampes torches dansaient frénétiquement dans le jardin, une étendue d'eau de pluie qui semblait occuper tout l'espace. Sa surface était balafrée et poinçonnée par les gouttes qui continuaient de tomber – un flou de têtes d'épingles.

Une autre réunion a été convoquée dans la salle à manger, mais je n'entendais pas ce que les parents disaient à cause de la pluie et des perceuses des pères. Le lustre éteint planait au-dessus de nos têtes, telle une méduse en verre vaporeuse dans les recoins sombres du plafond. Des bougies grésillaient sur la table. Nous nous balancions d'un pied sur l'autre. Quelqu'un avait une odeur corporelle désagréable.

Puisque nous n'entendions pas les parents, nous avons marmonné entre nous. Des sacs de sable. Ça s'achetait ? Ou fallait-il les fabriquer soi-même ?

L'électricité me manquait déjà. Sans lumière ni courant, et avec des murs et des plafonds crevassés, j'ai senti une curieuse passivité s'emparer de moi. De quelles défenses disposions-nous ? Que pouvions-nous faire, même ?

Quand la discussion s'est tarie, les gens ont bougé,

des corps se sont précipités hors de la pièce, nous chariant au passage.

— Alors, c'est quoi, le plan ? ai-je demandé à la mère la plus proche de moi. Je n'ai rien entendu.

— Deux cents sacs-poubelle, m'a-t-elle répondu. Et beaucoup de chatterton.

Il y avait des tâches, il y avait l'humidité et le froid, il y avait le noir du ciel au-dessus de nos têtes. Je ne me rappelle pas les événements dans l'ordre. Je sais que nous avons barboté dehors avec des pères afin d'aider à protéger la maison des intempéries. Nous ne voyions pas ce qu'ils fabriquaient, mais cela n'avait pas l'air perfectionné d'un point de vue technologique.

Tout en tenant un parapluie au-dessus de la tête d'un père, j'ai regardé mes pieds avec la lampe frontale qu'on m'avait donnée : ils étaient plantés dans l'eau. Le bas des fenêtres de la cave était déjà submergé de cinq centimètres.

La maison était une île.

Quand le vent s'est calmé, j'ai entendu des voix au-dessus de moi et j'ai tendu le cou pour voir. Des jambes squelettiques habillées d'un pantalon de treillis pendouillaient du toit.

— Hé ! ai-je crié.

Les jambes ont disparu et une tête et des bras sont apparus. Val. Qui tenait dans une main un sac-poubelle blanc. Gonflé par le vent.

— Qu'est-ce que tu fabriques là-haut ?

— Trou dans le toit ! Je le couvre !

Ils avaient foutu une gamine sur un toit au beau milieu d'une tempête.

Nous nous sommes pelotonnés les uns contre les autres sur des matelas et des tapis de sol dans le coin du grenier resté au sec. En quelques heures, les sacs que Val avait scotchés sur le trou ployaient et béaient : à mon réveil, j'ai vu que l'eau avait gagné du terrain dans la pièce. Il y avait une marée humide par terre. De l'air frais s'engouffrait autour du plastique gonflé.

Jack n'était pas à côté de moi, contrairement à Juicy. Qui ronflait. Low était allongé en position fœtale dans le coin. Dans la lumière grise du matin, les sacs de couchage étaient miteux, les oreillers jaunis et les visages crasseux. Nous avions tous dormi dans nos vêtements sales.

— Des volontaires ! Des volontaires ! a crié une femme.

Depuis le seuil, la mère paysanne se penchait à l'intérieur de la pièce. Ses cheveux poivre et sel étaient hérissés en une multitude de petites nattes. Visiblement, quelqu'un avait tenté les tresses africaines et s'était retrouvé avec un paillasson dégueulasse sur la tête.

— Nous avons besoin des bateaux. Y a-t-il de bons nageurs parmi vous ? Les bateaux sont sortis du hangar ! Les bateaux sont disséminés dans la nature !

Juice, Val et moi avons enfilé nos chaussures mouillées et avons descendu lourdement les escaliers. Dans le jardin à l'avant de la maison, qui était surélevé par rapport à celui de derrière, nous avons vu des parents dans des voitures. Ils tentaient désespérément de déplacer leurs véhicules sur le monticule herbeux qui se dressait d'un côté de l'allée.

Nous avons pataugé dans le jardin derrière la maison, de l'eau jusqu'aux genoux. Sous la surface, l'herbe s'était transformée en boue, et mes pieds s'enfonçaient.

J'étais soulagée de parvenir au vrai lac, où au moins l'eau était assez profonde pour qu'on puisse nager.

Nous avons nagé.

L'eau n'était plus bleue mais marron. Des feuilles et des bâtons formaient une flottille de détritus qui tournoyaient paresseusement. J'ai aperçu un ballon de plage jaune qui flottait, un chausson en caoutchouc rouge, une assiette en plastique à compartiments pour bébé. Il y avait une piscine gonflable, bleu et orange, ornée de poissons. Une corde à sauter violette enchevêtrée dans un panier de basket.

J'ai pensé : l'eau va là où elle n'est pas autorisée à aller. Être au sec était un état transitoire. Être en sécurité aussi.

J'ai nagé dans le marron glauque, avec Juicy et Val à mes côtés. Je sursautais chaque fois que mes pieds heurtaient un objet solide.

Les bateaux s'étaient coincés sous un ponton à l'autre bout du lac, à proximité d'une cabane de pêcheur délabrée. Val, toujours bien équipée, a sorti un tendeur de sa poche et a attaché les deux canoës ensemble. Juicy et moi avons chacun pris une barque.

Des pères ont fait un feu dans la cheminée de la bibliothèque. La chaleur n'allait pas très loin – un courant d'air froid en provenance la salle du petit déjeuner et du toit s'immisçait dans la maison , alors nous avons traîné près du foyer en sirotant des boissons chaudes. Les mères qui s'occupaient d'ordinaire de la cuisine semblaient en grève. J'en avais vu deux se faire des rails de coke dans la salle de bains.

La mère d'Alycia était assise, immobile, sur un fauteuil dans un coin de la bibliothèque – depuis un bon moment. Elle était partie loin, très loin. Dans sa tête, selon Rafe.

Au début, elle avait tricoté avec une concentration absolue, et puis elle avait défait son ouvrage. Elle était sous un plaid, et quand j'étais allée lui demander si elle avait besoin de quelque chose – un geste de courtoisie que j'étendais rarement aux parents –, le creux de sa couverture, sur ses genoux, était rempli de petits bouts de laine coupée.

Elle se comportait comme si je n'étais pas là, et puis elle avait une paire de ciseaux dans les mains. J'ai décidé de passer mon chemin.

— Elle est en pleine dissociation, ai-je entendu une mère expliquer à un père.

La psy, probablement.

— Détachement de la réalité. C'est comme la fois où on est allés tous les quatre à Cabo. Tu te souviens ?

— Ah, OK. La fois avec le travailleur du sexe travelo ? Et avec l'âne qui avait un sombrero ?

— La vache, Bill ! s'est indignée la mère. On ne dit plus travelo.

La journée semblait informe, une femme folle sur son fauteuil donnait des coups de ciseaux, des pères au coin du feu parlaient d'utopie d'une voix défoncée. (Leur beuh était pourrie comparée à l'Oracle, avait décrété Terry avec dédain. Il en avait tout de même rempli un sac congélation.) Le temps s'amalgamait, dans le noir. Le jour ressemblait à la nuit, la nuit au jour, et, sans le courant, la maison paraissait statique et faible face au vent.

Et puis j'ai eu une idée.

— On devrait récupérer nos téléphones, ai-je suggéré à Terry.

Après tout, les règlements avaient été suspendus. Les parents consultaient leurs propres téléphones, en tout cas ceux qui n'étaient pas occupés à mettre en pièces des écharpes ou à fumer de la *purple kush*.

Alors nous avons attendu que les pères défoncés soient allongés sur le dos. Jambes croisées, ils philosophaient sur un paradis des travailleurs. Ça nous aurait sauvés, a lancé l'un d'eux. C'est la seule chose qui aurait pu le faire, a renchéri un autre. Le capitalisme avait porté le coup de grâce, a estimé un troisième.

Ils avaient troqué l'herbe contre les cigarettes et essayaient de souffler des anneaux de fumée, mais leurs anneaux n'avaient pas de trou. Tout en jetant un regard par-dessus mon épaule pour m'assurer qu'ils nous ignoraient toujours, je me suis rendue sur la pointe des pieds jusqu'au tableau qui cachait le coffre-fort.

J'aimais bien ce tableau. Devant des pins dont la pointe des branches était enneigée, un ours brun se dressait sur ses pattes arrière. Ses pattes avant pendaient devant lui, comme pour mendier. Un lac d'un bleu éclatant s'étendait derrière lui, et on apercevait des montagnes sur une rive lointaine. Sa posture était humble, il penchait la tête sur le côté. Avec curiosité.

Avant, je pensais que c'était un ours du passé. Un ours rustique des années 1800. Les barons voleurs l'avaient peut-être tué pour en faire une carpette. Mais à présent, je le voyais comme un ours du futur, quand les hommes auront disparu des collines et des champs, et que leurs anciens sentiers auront été recouverts par la végétation. Et que les ours et les loups régneront à nouveau en maîtres.

Terry m'a aidée à décrocher la toile. La porte du coffre était entrouverte, et à l'intérieur se trouvaient tous nos téléphones et toutes nos tablettes. Empilés comme un trésor de pirates, avec, derrière, un enchevêtrement de chargeurs et de batteries de secours.

Mieux que les diamants et les perles.

Je souriais tellement que je ne m'en suis pas rendu compte tout de suite. Et puis j'ai pensé : je souris !

— Oui ! Oui ! Libérez le peuple ! a exulté Terry.

À ce stade, nous nous moquions bien que les pères défoncés nous remarquent.

Nous avons sorti des magazines d'un panier pour y entasser nos téléphones. Ensuite, nous avons traversé la maison en bombant le torse triomphalement. Nous avons crié des noms et distribué le butin. Nous les avons inondés d'appareils. Nous étions des héros et des parangons. Des libérateurs et des saints.

Il y avait toujours le problème de la coupure de courant, mais nous nous sommes mis d'accord pour partager notre rab de batteries de secours.

— Maintenant, nous pouvons tout faire ! s'est exclamée Jen.

Juicy a lâché un chapelet d'obscénités joyeuses. Val a hoché la tête d'un air satisfait.

Low avait les larmes aux yeux.

Je me faisais du souci pour Jack, avec toute cette eau stagnante. Il ne savait pas très bien nager. Alors je les ai obligés, lui et Shel, à enfiler un gilet de sauvetage moisi par-dessus leur tenue d'apiculteur.

Depuis la galerie qui entourait la maison, je les ai regardés traverser le jardin en pataugeant. Ils tiraient par un cordon l'un des canoës que nous avions récupérés. Un grand tas de boîtes se dressait dans l'embarcation. Un mystère. À l'orée des bois, ils ont attaché le bateau à un arbre, et puis ils ont galéré à transporter leurs boîtes jusqu'aux cabanes perchées. J'ai regardé leurs dos et leurs épaules s'évanouir, petites colonnes orange et blanc.

— Tout le monde a son téléphone ? a demandé Terry.

Nous tripotions nos appareils électroniques – scrollions, pianotions, branchions portables et tablettes à plat sur des batteries de secours.

— Les batteries de secours ? Tout le monde ? Il m'en reste une. Une coque Hello Kitty ? Avec des paillettes roses ?

— C'est à Amy, a répondu David.

— Les jumelles ont déjà un téléphone ? Elles ont genre, huit ans ! s'est étonnée Sukey.

— Onze, a corrigé David. Elles sont minus et se comportent comme des bébés.

— Connasses, a dit Sukey.

— Cette Kay est carrément tarée, a estimé Jen.

— Surveillez votre langage ! s'est indigné David.

Comme la lumière grise du jour diminuait, que la tempête ne montrait aucun signe d'accalmie et que l'eau continuait de monter, nous avons décidé de dormir au rez-de-chaussée – d'installer nos matelas et nos sacs en bas, là où nous trouvions de la place.

Jen, David et moi sommes sortis afin de rameuter les petits garçons. Leur canoë mouillait toujours à la lisière des arbres, amarré à une branche. Nous avons pataugé dans de l'eau qui nous arrivait aux genoux avant d'atteindre une partie du terrain surélevée sur laquelle, les chaussures lourdes de boue, nous avons pu marcher.

— Jack ! Shel ! avons-nous crié aux arbres. Vous êtes là ?

— Evie, on doit rester ! a crié mon petit frère dont la voix me parvenait d'en haut.

— Au sommet d'un arbre ? En pleine tempête ? ai-je crié.

— Je monte, a déclaré Jen. Il fait trop noir. Impossible de parler la langue des signes avec Shel d'ici.

L'arbre de Jack était relié à d'autres par des ponts fabriqués avec des planches et des cordes. Sa cabane perchée était la plus grande, mais la plateforme était tellement encombrée de boîtes qu'on pouvait à peine y poser le pied. Jen s'est mise à signer rapidement pour Shel – elle était impatiente, tremblait dans son short.

— C'est quoi, toutes ces boîtes, Jack ? ai-je demandé.

— Tu sais, dans ce livre que la dame m'a donné, après avoir quitté ce beau jardin, ils se retrouvent au milieu d'une très grosse inondation ?

— Il lit la Bible ? a demandé Jen.

— On pourra parler de ton livre plus tard. Là, il vaudrait mieux rentrer. On n'est pas en sécurité ici, tu vois.

— Evie. Il faut qu'on sauve les animaux. Comme Noé l'a fait.

J'ai alors regardé les boîtes empilées. J'ai vu deux cages à oiseaux, et des battements d'ailes à l'intérieur. J'ai vu des trous qui avaient été faits dans une, deux, trois, quatre boîtes. Un museau marron tout poilu dépassait de la grille d'une caisse de transport en plastique pour animaux.

— On les a recueillis, a expliqué Jack.

— Des animaux sauvages ?

— C'est un lapin qui m'a mordu. Il a peut-être confondu mon doigt avec une carotte.

— Les gars, il faut rentrer à la maison maintenant, a lancé Jen.

— Mais on ne peut pas ! a protesté Jack, et Shel a attrapé le bras de sa sœur avant de se mettre à signer frénétiquement.

— Pourquoi pas, Jack ? ai-je demandé. Vous n'avez pas froid dehors ? Et faim ?

— On a de quoi manger. Et on a déplacé tout le monde. En plus, notre chouette n'entrera jamais dans la maison, jamais de la vie. Elle est blessée.

— Votre *chouette* ?

Jack a pointé le doigt vers le haut, vers les branches. Je ne voyais rien.

— C'est une chouette effraie. Elle a une aile cassée.

— Tu te rends compte que les lapins et les chouettes n'aiment pas trop « chiller » ensemble, hein ? a demandé David. Ce n'est pas comme dans les livres d'images où les créatures des bois mettent des robes et dansent le quadrille à des pique-niques.

— Mais regarde, il faut qu'on la nourrisse. Elle ne peut pas voler, a souligné Jack.

S'ils ne sont pas rentrés à la maison ce soir, les darons risquent de s'en apercevoir, m'a dit Jen. C'est moi qu'on punira.

— On ne vient pas, a soutenu Jack en levant le menton.

Shel a secoué la tête par solidarité. Jen s'est approchée de lui – peut-être pour attraper son bras – et il a eu un mouvement rapide qui m'a prise de court.

Il a sorti un épais bracelet en métal de la poche de son sweat à capuche et l'a refermé sur son poignet, *clic*. Reflet d'argent dans la pénombre. Nouveau déclic.

Il s'était menotté à la cabane.

4

Et voilà comment a débuté notre exil : Shel, Jack et une paire de menottes. Jack nous a raconté qu'ils les avaient trouvées dans le placard à jouets, mais ce n'étaient pas des jouets. Jen et moi devions rester avec nos frères, et David est resté par culpabilité pour le naufrage. Il était soulagé de pouvoir échapper à la mère qui vrillait.

Un miracle, cependant : nos téléphones captaient. À travers le sac en plastique dans lequel se trouvait le sien, Jen nous a lu, à David et à moi, un topo sur les eaux d'inondation. Elles contenaient de l'essence et des eaux usées. Il y avait des cadavres dedans – d'humains, de chiens, d'oiseaux et de vaches. Il y avait des pesticides, des engrais, du produit pour déboucher les canalisations et de l'antigel.

C'était une soupe toxique.

J'ai envoyé un SMS à ma mère avec notre localisation, au cas où, événement peu probable, elle se ferait du souci pour Jack.

Elle m'a répondu par un émoji de tulipe.

— Te fatigue pas, a dit Jen. C'est l'heure des verres et des discussions.

Nous avons tous les trois accepté les biscuits salés

que nous proposaient les garçons et avons consulté des applis météo. De la pluie. Des icônes de nuages avec des éclairs. Des icônes de grêle. Une icône représentant une spirale que je n'avais jamais vue.

— Ça veut dire « ouragan », m'a gentiment informée David.

Alertes inondations, alertes orages – un vrai charabia rédigé en caractères rouges bien nets. Qu'est-ce que cela pouvait bien signifier ? Qu'est-ce qui nous attendait au juste ?

Plus tard, nous avons dormi blottis les uns contre les autres sur une plateforme voisine – plus petite que l'Arche, mais correctement abritée – en partageant des couvertures et des oreillers que Jack et Shel avaient apportés. Ils sentaient le pipi de chat.

Le matin, Jack nous a montré sa ménagerie. L'animal au museau pointu que j'avais aperçu dans la boîte de transport était un opossum qui s'occupait en grignotant la porte grillagée avec ses dents jaunes pointues. Il faisait pas mal de dégâts. Il y avait deux colombes, un rouge-gorge et un petit oiseau marron dans un filet vraisemblablement artisanal. Il y avait un terrarium trouble qui, d'après Jack, contenait des écrevisses et une salamandre. Des boites alimentaires en plastique percées sur le dessus, remplies d'eau limoneuse et de vairons, et un grand poisson gras dans une casserole. Des mulots marron trottinaient d'avant en arrière dans un tiroir sur lequel était scotchée une feuille en plastique transparent.

— Et les abeilles ? a demandé David. Elles sont toujours dans la cave inondée ?

— Bien sûr que non ! s'est indigné Jack. Elles sont

retournées dans leur ruche. Alors on l'a emmenée dehors.

— Salut !

C'était Sukey, au pied de l'arbre. Et d'autres. Des parapluies, des ponchos à capuche et des imperméables. Des visages tournés vers nous. Rafe, Terry, Dee, Low, Juicy.

— On vient s'installer ici ! a crié Sukey.

— Je ne vous le conseille pas ! ai-je crié. Il fait froid et humide !

— On s'en fout ! a hurlé Low. C'est abject là-bas !

Ils ont tendu les bâches de la plage pour agrandir notre toit. Ils ont trouvé une réserve de tapis de sol maculés de peinture, ont grimpé jusqu'à la cime des arbres et arrimé le vinyle bleu vif aux poteaux de la cabane. Ils ont étiré les toiles entre les plateformes, au-dessus des filets et des échelles.

Je ne tenais pas en place. S'ils ne voulaient pas retourner dans la maison, très bien, mais moi, j'en avais envie. Je voulais la cheminée, les placards remplis de gâteaux à grignoter et de beignets miniatures recouverts de sucre glace. La plomberie intérieure.

J'ai demandé à Dee, puis à Terry, et enfin à Rafe ce qui se passait, mais ils ont refusé de m'en parler. Je n'ai obtenu de vraie réponse que lorsque Sukey a fini d'installer son sac de couchage, qu'elle a lesté avec des pierres : pendant la nuit, l'ancienne génération s'était gavée d'ecstasy.

Allez savoir si cela avait été planifié ou s'il s'agissait d'une opération clandestine. En tout cas, ils avaient rapidement atteint des sommets d'ignominie.

Certes, Juicy et Terry, cachés derrière les persiennes

d'un placard, les avaient regardés se peloter au début – même Low l'avait fait. Par ennui désespéré, tout de suite après la confiscation des téléphones. Par vengeance, également. Et mépris.

À présent, ils le regrettaient. Peut-être qu'avant ils avaient le cœur mieux accroché.

— Et puis, à l'époque, c'était juste du sexe normal entre vieux, a souligné Juicy.

— Comment tu fais la différence ? a demandé Rafe.

— Comme des couples. Là, c'est… genre… tout.

— Ils se promènent le cul à l'air, a dit Low.

— J'ai vu deux pères et la mère de Dee dans un plan à tr… a commencé Juicy.

— Stop ! a hurlé Dee. Stop ! Stop ! Stop !

— La ferme, Juicy, est intervenu Rafe. Pas de noms. C'est une sentence barbare.

— Ça se tortillait et ça gémissait dans tous les coins, a raconté Sukey. Le plus gros bordel que j'aie jamais vu.

— Bordel, a répété Val en hochant la tête. Le plus gros.

Son hochement de tête paraissait étrange, car son visage était à l'envers. Elle était suspendue à une échelle en corde par les genoux.

— Ils ont complètement laissé tomber l'idée de colmater la maison, a poursuivi Sukey. L'eau n'arrête pas de se déverser à l'intérieur, et eux, tout ce qu'ils font, c'est sourire et se mordre la lèvre. Et se caresser mutuellement le paquet.

Plus tard, je me suis retrouvée sur un rocher à l'orée des bois, à attendre. Terry et David, qui avaient perdu à la courte paille, avaient pris les canoës pour aller chercher de la nourriture, et une poignée d'entre nous restaient au bord de l'eau pour les aider à décharger à leur retour. Je les ai regardés traverser le jardin en pagayant dans notre direction.

Des branches s'agitaient d'avant en arrière dans le vent.

— Ces arbres, on dirait des filles qui pètent un plomb, a sorti Juicy.

Il a remué les bras dans tous les sens au-dessus de sa tête, la bouche grande ouverte.

— Ils ont l'air hystériques.

— T'es tellement sexiste, putain ! s'est écriée Sukey. Quand tu balances des conneries pareilles, j'ai envie de te déganter les boules.

— Déganter ? a demandé Juicy. Euh. C'est quoi, ce truc ?

Heureusement, pendant que Sukey lui expliquait ce que cela signifiait, le vent a emporté leurs paroles. Je n'entendais que des bribes de dialogue.

— … décoller la peau…

Des feuilles ont volé en plein dans mon visage, des feuilles et de la terre, au point que j'ai fini par devoir tendre les bras devant moi. Le ciel n'était qu'éclairs et tonnerre grondant.

— Allez ! Allez ! a crié Jack derrière nous.

Terry et David ont pagayé plus vite, mais le canoë était trop lourd et se déplaçait doucement. De l'eau entrait sur les côtés.

La foudre a frappé. En plein sur la girouette au sommet de la maison. Une fontaine d'étincelles a jailli.

Terry a poussé un cri aigu, a fait un bond. Il a basculé. Le canoë s'est renversé.

J'ai vu des boîtes de biscuits salés prendre l'eau, des boîtes de conserve couler. J'ai vu des sachets de pop-corn au fromage s'éloigner en tourbillonnant dans le noir.

Nous avons donc été obligés de retourner patauger dans cette soupe toxique.

Je n'ai pas réussi à aller me coucher en même temps que les autres. Il n'y avait pas de foudre, mais il pleuvait à verse.

J'ai cherché en tâtonnant ma lampe frontale sur la plateforme, j'ai enjambé Jen et Sukey, puis j'ai traversé deux échelles de corde jusqu'à l'Arche.

Jack dormait à poings fermés. Son petit visage était éclairé par une lanterne suspendue à l'unique poutre basse du toit. Mais les animaux dans leurs cages grattaient et grattaient. Pépiaient. Criaient. Ils étaient probablement presque tous nocturnes.

Je me suis accroupie et j'ai braqué ma lampe vers la tête de l'opossum. Son museau tressaillait tandis qu'il me reniflait. Et puis un animal que je n'ai pas réussi à identifier s'est détourné de ma lumière – un renard ? Shel avait-il réussi à capturer un renard ?

J'avais un mauvais goût dans la bouche : on n'avait pas de dentifrice.

Frémissement contre mon oreille. Bruissement d'ailes. Quelque chose a frôlé ma joue. Une griffe acérée a failli transpercer mon épaule.

— Quoi ! me suis-je écriée.

La chose a dérapé le long de mon bras et a poussé un horrible cri strident. J'ai failli la frapper. Elle a failli tomber.

J'ai vu un éclair furtif de gaze, puis une serre noire incurvée. Si j'avais porté des manches courtes, les serres m'auraient lacéré la peau. Face blanche. Plumes. Un bec aux allures de nez crochu.

La chouette effraie a agité son aile saine et a ouvert le bec de façon répétée, sans émettre de son.

— Tu veux quoi, une souris morte ?

Jack avait peut-être oublié de la nourrir. Mais je ne savais pas nourrir les chouettes, et celle-ci pourrait certainement m'arracher le doigt avec ce bec en forme de nez.

J'aurais aimé la nourrir, mais je n'avais rien à lui offrir.

Ses grands yeux noirs me fixaient. Je l'ai fixée en retour. J'avais l'impression de voir toutes les chouettes dans la rondeur de ses yeux.

Toutes les chouettes que nous ne pouvions pas nourrir.

— Chouette. Je suis désolée.

Ses yeux noirs ont continué à me regarder fixement. Puis ont cligné. Elle avait faim, j'en étais sûre.

Mais pendant les quelques secondes avant qu'elle ne décolle de mon bras et n'atterrisse maladroitement sur la barre transversale en bois, j'ai eu envie de croire qu'elle me pardonnait.

Cette nuit-là, je me suis réveillée en sursaut d'un rêve peuplé de cochons d'Inde, et j'ai eu l'impression que la forêt grognait. Le vent était tellement violent qu'il a arraché des vêtements humides accrochés à la barre transversale en bois. J'ai vu une chemise être soulevée et ensuite s'empaler sur une branche à proximité sur laquelle elle est restée à pendre et à claquer. J'ai vu un sachet de petits pains précipité dans l'obscurité, des brosses et des tongs s'envoler puis disparaître.

Cette nuit-là, le sac de couchage de Rafe a été tellement trempé que ses pieds clapotaient lorsqu'il s'est réveillé, et cette nuit-là, deux crétins qui n'avaient pas mis leurs téléphones dans du plastique ont découvert que la pluie les avait transformés en bouts de ferraille. Je ne balancerai personne, et dirai juste Low et Juicy.

C'est cette nuit-là que les arbres sont tombés.

La force de la tempête nous a effrayés. Nous nous sommes blottis les uns contre les autres autant que possible, en équilibre au bord de plateformes et d'échelles. Dans les ronds de lumière fébriles de nos lampes torches, nous avons vu trois arbres s'abattre les uns après les autres, des dominos. C'était à l'autre bout du jardin, de l'autre côté du lac empoisonné – le premier était tout grêle, si filiforme que nous avons été étonnés qu'il soit assez lourd pour renverser les autres. Le deuxième et le troisième l'ont rejoint pour former un amas flou sur le sol.

Près du vrai lac, des arbres sont également tombés. Le matin, nous les verrions sur l'eau, en train de couler. Leurs branches s'affaissaient, ployaient au milieu, tandis que leurs pointes s'attardaient à la surface.

Mais fermement ancrés au village dans la canopée – laquelle était plus ancienne et sur un terrain plus élevé –, nos arbres à nous tenaient bon.

Quand la pluie a cessé, il a fallu trois jours pour que les eaux se retirent.

Le premier jour, un hydravion s'est posé sur le lac. Je n'en avais jamais vu de ma vie. Nous avons regardé des hommes en uniforme bleu sortir de l'appareil et se tenir debout sur les flotteurs. Ensuite, nous avons vu Alycia, sauvée.

Elle était enveloppée dans une couverture et chaussée de grosses bottes en caoutchouc. Ses parents sont allés la retrouver à la rame puisque le ponton était toujours submergé. Le hangar à bateaux était inondé, et les planches qui se détachaient des murs et se gondolaient sur les eaux évoquaient un ourlet de jupe qui se serait soulevé.

Alycia est monté à bord de la barque. Les hommes en uniforme bleu ont parlé à son père pendant que sa mère la dorlotait. Alycia a regardé par-dessus la tête de sa mère et nous a salués nonchalamment.

— Ils s'en sont tous sortis, a dit David. Absolument tous les connards de ce yacht s'en sont sortis.

Mais il souriait.

En fait, il rayonnait de soulagement.

— Un bateau de pêche a coulé, a annoncé Jen.

C'était un vrai reporter.

— Y a aussi ce bateau de croisière, a dit Low. Pas de victimes. Pour l'instant.

Alycia était debout à l'avant de la barque qui traversait le lac dans notre direction. Elle n'était jamais assise dans les bateaux – toujours debout. Son père ramait. Sa mère levait vers elle des yeux adorateurs.

Plus tard, ils ont tous les trois quitté la grande maison en tracteur. Ses gros pneus barattaient de la bouillasse et soulevaient sur leur passage des murs mobiles d'eau brun rouge. Ils ont ainsi péniblement avancé dans l'allée inondée. Avant de disparaître.

Alycia ne voulait pas partir avec eux, nous a appris David – la rumeur voulait qu'ils l'aient soudoyée. Ses parents l'avaient payée en espèces sonnantes et trébuchantes pour qu'elle les autorise à la ramener à la maison.

Mais le soulagement de David a perduré.

Le deuxième jour, on a découvert que les jumelles avaient disparu. Leurs parents ne s'en étaient pas rendu compte auparavant car ils les croyaient avec nous. La lèvre inférieure de la mère avait tellement été mordue à cause de l'ecstasy qu'elle avait gonflé au point de déborder sur la moitié de son menton.

Jack et Shel sont partis à leur recherche et ont retrouvé Kay. Elle dormait dans la cabane de pêche, entourée de squelettes de petits rongeurs et de papiers gras. Étrange, a dit Jack : les squelettes étaient récents.

Nous savions qu'elle était difficile en matière d'alimentation, avec une prédilection marquée pour le pain blanc accompagné de charcuterie. Par ailleurs, sa bouche était maculée de ce qui ressemblait à s'y méprendre à du sang séché. Elle dégageait une odeur rance.

Ne pas poser de questions – c'était notre approche. Nous l'avons ramenée de force à ses parents.

Sa sœur demeurait introuvable.

Le troisième jour, des centaines de poissons agonisants agitaient leurs nageoires sur ce qui était jadis la pelouse, une immense vasière parsemée d'îlots de végétation. Jack et Shel ont fait des allers-retours désespérés du bourbier au vrai lac avec des seaux entiers de poissons. C'était une course contre la montre, alors certains d'entre nous leur ont prêté main-forte.

Pour ceux qui étaient morts avant d'avoir pu être sauvés, les garçons ont creusé une fosse commune. Ils ont empilé les cadavres à l'intérieur et célébré une messe d'enterrement, avec lecture d'extraits de la bible de Jack.

— Je vous donne ma paix, a lu Jack tristement. Ne laissez pas la peine gagner vos cœurs. N'ayez pas peur.

Shel avait confectionné une pancarte. Son verset était écrit dessus en majuscules. Il l'a brandie devant sa poitrine afin que nous puissions le voir.

NE VEND-ON PAS CINQ PASSEREAUX POUR DEUX SOUS ? POURTANT, DIEU N'EN OUBLIE PAS UN SEUL.

Nous avons trouvé un canot gonflable dans une crique du lac, parmi un massif de roseaux. L'un de ces radeaux de pacotille qu'on utilise dans les piscines. Il était jaune et plein de boue. Dessus se trouvait un petit homme.

Son visage était décharné et il n'était vêtu que d'un short militaire. Son torse malingre et ses jambes filiformes étaient exposés.

Il avait l'air endormi.

— Il est mort ? a demandé Juice.

— Nan. Sa poitrine bouge, a répondu Sukey.

À mes côtés, Jack a penché la tête de côté d'un air songeur et a tapoté sur le sac en bandoulière où était rangée sa bible illustrée. Il s'était beaucoup attaché à cet ouvrage – l'emmenait partout, le feuilletait si souvent que le livre montrait des signes d'usure. Il avait fait pareil avec son premier recueil d'histoires de *Ranelot et Bufolet*. Il l'avait tellement lu qu'il était tombé en lambeaux.

— Dans mon livre, ils trouvent un type au milieu des roseaux ! Un bébé, par contre. Ils l'apportent à la princesse d'Égypte.

— Pas de princesse d'Égypte ici. Aucune princesse de rien du tout, a ironisé Sukey.

— Alycia était ce qui s'en rapprochait le plus, a constaté Rafe. Mais elle s'est tirée.

— Qu'est-ce qu'on fait de lui ?

Low s'est penché vers le radeau et a enfoncé son doigt dans le bras de l'inconnu. Le petit homme a bougé, ouvert les yeux et marqué un temps d'arrêt, sursautant à la vue de l'arc de cercle que nous formions autour de lui.

— Euh, salut ? a-t-il lancé.

Il paraissait ahuri.

— Je m'appelle Val, s'est présentée Val, étonnamment amicale. Salut.

Le petit homme lui a tout de suite plu.

— Attention, a murmuré Dee. C'est peut-être un pédophile. Un violeur !

— Pas violeur, a objecté le petit homme.

Il a levé les mains en l'air, paumes vers le ciel.

— Pas de viol.

— Dee ? Essaie de ne pas te comporter en connasse, pour une fois, a suggéré Sukey.

— Je m'appelle Burl. J'ai failli me noyer, je crois. Bon sang. Je crève de faim.

— Barre énergétique ? a proposé Val qui en avait toujours sur elle afin de pouvoir se sustenter tout en escaladant.

Elle en a sorti une de la poche de son treillis et l'a tendue à Burl. Celui-ci l'a engloutie voracement.

— Vous habitez dans le coin ? a demandé Terry.

Burl a hoché la tête et agité sa main qui n'était pas occupée à manger.

— Forêt ? a demandé Val.

Il a hoché la tête.

— SDF, vous voulez dire ? a demandé Dee.

— Forêt, a-t-il répété la bouche pleine. Je faisais du kayak. Il s'est retourné. Et puis la tempête…

Il a secoué la tête, a dégluti et enfourné le reste de la barre énergétique.

— Mouais, a dit Sukey.

— C'est bon, a lancé Val. Laissez-le-moi.

Nous sommes retournés à nos portables et avons repris notre quête de nourriture. C'était comme cela que nous survivions : en faisant des excursions jusqu'à la maison pour chercher de l'eau et de la nourriture, et recharger nos téléphones.

Quand j'ai revu Burl, il escaladait un arbre avec Val. Il s'en sortait plus que bien. Ce petit homme savait carrément grimper.

De temps à autre, je me rendais dans la maison pour aller aux toilettes, ce qui m'obligeait à me frayer un chemin à travers une foule de parents. Cette fois-ci, des policiers étaient dans le hall de la maison.

— Eve ! a hurlé quelqu'un.

Ma mère.

— Jack s'amuse bien ? a-t-elle demandé.

Est-ce qu'il s'amuse ?

En fait, ce qu'elle voulait vraiment, c'était que je lui remplisse son verre.

— Deux doigts de bourbon. Celui à l'étiquette orange. Pur.

J'ai pris son verre vide, uniquement dans le but d'éviter une discussion, et puis je l'ai posé sur le lavabo pendant que je me douchais sans me presser. Il y avait encore un peu d'eau chaude – fabuleux.

Elle m'a coincée dans le couloir au moment où je sortais de la salle de bains. Alors qu'elle se rendait au bar, probablement.

— Où as-tu posé ma boisson, Eve ?

— Tu ne devrais pas penser à ton fils de neuf ans plutôt qu'à ton prochain cocktail ? Sérieux !

— Arrête tes bêtises. Je sais qu'il est en sécurité avec toi. Tu es mûre pour ton âge.

— Oh, pitié !

— Même tes instits en maternelle disaient que tu étais extrêmement précoce. Mentalement et émotionnellement. Ils voulaient te faire entrer en CM1 ! Alors que tu n'avais que six ans !

— Tu me flattes pour essayer d'échapper à tes responsabilités ? Mesquin !

Je l'ai poussée et j'ai poursuivi ma route.

Mais au bout du couloir, tapi derrière un buste de Susan B. Anthony, se trouvait Terry.

Il avait assisté à tout l'échange.

Cette nuit-là, tout était trop humide pour un feu de camp, mais Rafe avait quand même envie de flammes. Il voulait trinquer au fait d'être l'un des deux finalistes du jeu.

Sukey et lui étaient les deux derniers en lice.

Donc, nous étions debout autour d'un gril qu'il avait installé dans la serre. Avant la tempête, le toit de celle-ci s'effondrait déjà, et désormais, il était essentiellement constitué de trous.

Rafe brûlait quelque chose qui ressemblait à s'y méprendre à des bouts de meubles. Nous avons fait bouillir de l'eau et cuit des ramens en sachet sur le réchaud de camping à deux feux. Nous avons mangé nos nouilles en écoutant de la musique sur l'enceinte de David en forme de palet.

Quand Val et Burl sont arrivés, nous étions en train de partager des bières piquées dans la réserve parentale.

Burl était habillé de pied en cap. Des vêtements appartenant à Val, peut-être.

— On a vu un truc, a annoncé Burl.

— Une vision ? J'en ai, ces derniers temps, a confié Low.

— On a vu un buisson, a poursuivi Val.

— Waouh, s'est moquée Sukey. Faut alerter la presse !

— Pas sûr de la variété, à vrai dire. Il avait des fleurs orange vif.

Val a joué les échos.

— Fleurs orange.

— Nous sommes allés inspecter les arbres. Voir combien d'entre eux étaient tombés. Et on a aperçu le buisson. Le truc, c'est qu'un essaim d'insectes volait au-dessus. Un immense essaim de moustiques. Qui émettait un bruit strident. Je n'ai jamais vu un essaim de moustiques pareil.

Burl s'est tu, mais on avait l'impression qu'il voulait ajouter quelque chose.

— OK. Et donc… ? a demandé Sukey.

— Je pense qu'il faut qu'on se fasse la malle. Qu'on parte d'ici.

— D'ici, c'est-à-dire ? a demandé Terry. Des États-Unis ?

— Il a peut-être une maison-bunker, a sorti Jen pleine d'espoir.

— Arrête, a répondu Dee. Il est SDF.

Elle s'est aspergée les bras de gel hydroalcoolique.

— Fuyez cette maison, nous a exhortés Burl. L'eau stagnante. Vos parents, aussi. J'ai entendu parler d'une histoire de MDMA… ? Ils ne m'ont pas l'air, euh… bien équipés.

— Putain, Burl, a répliqué Sukey. C'est pas un scoop. Mais merci pour le soutien moral.

— On n'est que deux à avoir le permis, a lâché Rafe

en s'excusant presque. Deux voitures, ça ne suffira pas pour nous tous.

— Moi, je conduis, a dit Burl.

Nous nous sommes regardés à la lueur des flammes.

— Si l'un de nous conduit le van… a commencé Low.

— On irait où ? a demandé Jen. Et on ferait quoi une fois là-bas ?

— Les ennuis arrivent, a annoncé Burl.

Bizarrement, à sa façon de le dire, ça paraissait réel. On avait l'impression qu'il savait quelque chose.

— Les ennuis ne sont pas déjà là ? s'est étonnée Sukey.

— C'est peut-être un fléau, a avancé Jack.

— Un fléau ? a demandé Dee en arrêtant de se frictionner. Bactériologique ? Viral ? Quel fléau ?

— Moi, je dis banco ! Barrons-nous ! s'est exclamée Sukey.

— Arrête ! On va suivre les recommandations d'un SDF ? s'est insurgée Dee.

— Pas SDF, a précisé Burl. Gardien. Qui vit dans une cabane. Chauffée.

— C'est vous, le jardinier ? a demandé Sukey.

— Celui qui a conduit Alycia jusqu'au type responsable d'atteinte sexuelle sur mineure ? s'est enquis Jen.

Burl était stupéfié. Il a secoué la tête.

— Elle m'a dit qu'il lui fallait ses médicaments contre l'asthme !

— Dans mon livre, il y a des fléaux, a fait remarquer Jack.

Sukey a écrasé une cannette de bière avec le pied.

— Eve. Explique à ton petit frère. Les seules personnes qui prennent la Bible au pied de la lettre, c'est une bande de consanguins en Alabama. Et de mecs qui battent leur femme dans le Tennessee.

— Jack, ta famille n'est même pas chrétienne, a dit Jen. Eve me l'a raconté. Et ton livre d'histoires n'est pas un manuel de survie.

— Lâchez la grappe à mon frère !

— Dans le livre, ils parlent de Dieu. Mais moi et Shel, on a compris. Dieu, c'est un nom de code. On a compris !

— Explique-moi, a dit Jen.

— Ils disent Dieu mais veulent parler de la nature.

Shel a signé.

— Et nous, on croit en la nature, a interprété Jack.

— OK ! est intervenu Terry. Et Isaac et Abraham ? C'est la nature qui a dicté à un type de poignarder son fils à mort ?

Shel a signé de plus belle. Il s'est levé, tout agité.

— On interprète mal la nature, a poursuivi Jen. D'après Shel.

— Et puis, c'est une histoire, a ajouté Jack. Dedans, les choses sont des symboles.

J'étais impressionnée.

— Le truc, nous a coupé Burl. Le truc, c'est que quelque chose ne tourne pas rond ici. Je connais cet endroit. Faut qu'on parte.

— On pourrait, genre… a commencé Dee, hésitante.

— Quoi ? l'a exhortée Sukey. Accouche !

— … leur dire ? Le dire aux parents ?

Rafe a secoué la tête. Juicy a gloussé.

— Quoi ? Leur expliquer qu'un SDF nous a dit qu'il était temps de partir ? s'est moqué Low.

— Pas SDF, a corrigé Burl, tout bas. Je dis ça, je dis rien. Pas un violeur SDF.

Jack, pour sa part, s'inquiétait du sort des animaux. S'ils ne pouvaient pas venir avec nous, lui et Shel ne pourraient pas partir. Les animaux avaient besoin de protection.

Les petits garçons étaient têtus, alors j'ai fini par craquer : et si on mettait leurs animaux dans le van ? Rafe et David avaient le permis, mais Sukey et moi savions également conduire, si nécessaire. Nous étions en train d'apprendre.

Et puis s'est posé le problème de notre destination. Il fallait que nous révélions où se trouvaient nos maisons, choisir la meilleure option.

La maison de Juicy l'a emporté : un manoir dans Westchester County. Un jour, il avait marmonné « au nord de Harlem » – certainement pour tenter de maintenir sa *street cred.*

Qui était imaginaire.

Il habitait à Rye, dans une maison qui comptait dix chambres.

Comme d'habitude, Terry était notre porte-parole. Nous l'avons accompagné dans la grande maison une fois les véhicules chargés. Les parents ne s'étaient rendu compte de rien.

La mère de David était allongée sur un canapé dans la bibliothèque, une compresse froide posée sur le front. D'autres parents s'affairaient sans but, semblables à des robots non programmés.

— Excusez-moi ? Votre attention s'il vous plaît ? a lancé Terry.

Personne n'écoutait.

— Sers-toi de ça, a proposé Sukey.

Elle lui a tendu un sifflet antiviol. C'était celui que les parents utilisaient pour battre le rappel à l'heure du dîner, mais aucun de nous ne l'avait jamais touché. Et donc, quand il a soudain retenti, les parents se sont rassemblés. Perplexes et agacés.

La mère David s'est levée d'un bond du canapé.

— Amy ? C'est à cause d'Amy ?

— Non, a répondu David.

Elle s'est de nouveau affalée.

Terry a évoqué le fait que la maison avait deux trous béants, dont l'un avait esquinté l'endroit où nous dormions. Le jardin était un égout boueux entouré d'arbres tombés au sol. La cave baignait dans plus de soixante centimètres d'eau de crue toxique, et il y avait de graves risques d'électrocution. L'eau du robinet n'était peut-être pas potable. Le courant n'était toujours pas revenu. Pour résumer, notre paradis de vacances s'était mué en enfer. Et les insectes devenaient un problème, a-t-il ajouté. Ils pouvaient véhiculer des maladies.

Pouvait-on partir, s'il vous plaît ?

Moi, je trouvais ça raisonnable.

Mais les parents ont secoué la tête.

— Même si la petite Amy n'était pas portée disparue, il faudrait tout de même réparer les dégâts, car sinon, on ne récupérera jamais la caution, a dit une mère.

— Si la société de gestion fait appel à ses propres entrepreneurs, le surcoût sera dément, a ajouté un père.

— Et puis il y a l'infraction au contrat de location. Quelle était la pénalité, déjà ?

— Soixante-dix mille, il me semble.

— Au moins.

— Partir tout de suite, c'est franchement irrecevable.

Les parents du yacht s'en seraient contrefoutus, ai-je pensé. Pour eux, soixante-dix mille balles, c'était juste un vol rapide pour Paris en jet privé avec dîner à bord.

Avant de partir, nous avons gravé nos initiales sur les poteaux gorgés d'eau de l'Arche. En faisant mes adieux à la maison, j'ai éprouvé de la mélancolie : elle était inondée, froide, sombre et barricadée par des planches, mais jadis elle avait accueilli de splendides fêtes.

Plus d'un siècle auparavant, a dit Terry, bâtisseurs d'empires, criminels, artistes célèbres, acteurs et lèche-culs avaient déambulé dans leurs plus beaux atours sous ce lustre de Roosevelt.

Et à l'avenir, a-t-il ajouté, une nouvelle génération de fêtards arriverait peut-être. Fort semblables à nous, ils nous seraient cependant à jamais étrangers, et contempleraient nos noms en se demandant qui nous avions été.

— Ou alors il n'y aura personne après nous, a dit Rafe. Nous sommes peut-être les derniers.

— Le niveau des océans monte, a dit David.

— Les fléaux arrivent, a dit Jack.

— Cette forêt aussi tombera, a dit Jen.

Eux-mêmes ne savaient pas trop s'ils blaguaient.

Burl s'est porté volontaire pour conduire le van, avec les petits garçons et leur zoo à l'arrière. Je ne sais toujours pas comment ils ont fait pour attirer la chouette effraie à l'intérieur du véhicule, mais lorsque je me suis glissée sur le siège à l'avant et que je me suis retournée, je l'ai vue derrière nous, perchée sur une branche calée entre deux cages.

Tandis que nous sortions de l'allée en arc de cercle

pour nous engager sur la ligne droite, j'ai regardé par la vitre et aperçu des parents s'élancer dehors par la porte d'entrée en agitant les bras. Pas mes parents, bien entendu.

J'ai pensé : Bah, ils s'habitueront. Les enfants grandissent. Les enfants partent.

Ils nous retrouveront, ai-je pensé. Quand nous le voudrons.

Il y avait de l'eau stagnante dans le chemin de terre qui serpentait à travers bois jusqu'à la limite du domaine. Deux des roues de la voiture devant nous se sont enlisées dans la boue. Juicy et Val sont sortis et ont glissé une branche sous un pneu, mais le moteur a vrombi encore et encore. Burl a dû bondir hors du van pour leur prêter main-forte.

En attendant qu'il termine, j'ai vu des parents commencer à nous rattraper – trois. Ils couraient, puisque nous avions caché les clés des voitures laissées derrière nous. Nous leur révélerions où elles se trouvaient par texto une fois que nous serions assez loin.

Voir un parent courir était une occurrence rare.

Nous étions plusieurs à être subjugués par ce spectacle.

Mais Burl est revenu, et nous sommes repartis, en tête. De l'eau rouge rouille surgissait autour du van, mais nous avions de l'élan. Nous n'avons pas coulé sous les vagues.

5

Au bout de vingt minutes, nous avons été arrêtés dans notre progression. D'autres arbres étaient encore tombés en travers de la route – depuis peu, semblait-il. Ils avaient entraîné dans leur chute une ligne électrique qui crépitait et faisait des étincelles au-dessus de la masse feuillue.

Changement d'itinéraire, ai-je écrit au groupe dans un texto, avant de déplacer mon doigt sur l'application carte.

Mais les itinéraires bis étaient tous en rouge, et de multiples symboles d'obstacles étaient signalés sur leur trajet.

Nous sommes sortis de nos voitures, à l'exception de Jack et de Shel qui voulaient voir comment allaient les animaux. Nous nous sommes rassemblés sur la route et avons tripatouillé nos applis carte.

Aucun des itinéraires proposés ne semblait prometteur.

Certains d'entre nous ont donné des coups de pied dans des pneus. Plutôt crever que de retourner auprès des parents. Nous aurions l'impression d'être des tocards battant en retraite la queue entre les jambes.

Et surtout : nous n'en avions tout simplement pas envie.

— En fait, je connais un endroit, a dit Burl au bout d'un certain temps.

— Un endroit, a répété Val pour l'encourager.

— Une ferme, a-t-il précisé. Des champs. Une grange. À l'intérieur des terres. Plus sûr. Plus loin de l'océan.

Il a expliqué que la paille ne manquait pas et que nous pourrions dormir dans la grange. Ça paraissait inconfortable. Sans compter les mouches, les cafards, les araignées et peut-être les fourmis rouges.

Dans le manoir de Juicy, il y avait des matelas à mémoire de forme, king-size. Et une piscine à débordement.

— Est-ce qu'il y a genre, des vaches, dans cette ferme ? a demandé Rafe. Ces bêtes-là me dépriment. Condamnées. Zéro exception. Soit tu te prends une décharge électrique dans la tête à deux ans, soit on te laisse vivre jusqu'à tes cinq ans. On fait de toi une reproductrice et on kidnappe tous tes bébés. On aspire le lait qui leur était destiné. Et après ça, tu meurs.

— Je ne me rendais pas compte que tu étais vegan, a dit Sukey, légèrement moqueuse.

— Elle est à qui, cette grange ? a demandé Dee.

— À une dame riche, a répondu Burl. Elle fait de l'agriculture en dilettante. J'entretiens son domaine. Elle n'y est pas en ce moment. Elle habite à New York, dans le quartier de Tribeca.

Quand Burl a entré l'adresse, l'appli carte nous a indiqué un itinéraire dégagé – non pas qu'on puisse se fier à cette application. Elle s'attendait également à ce qu'on traverse la ligne électrique crépitante en lévitant.

— Ça ne sera que provisoire, a dit Sukey. Quelqu'un va dégager la route, pas vrai ? Ensuite, on quittera la grange, direction la baraque de ouf de Juicy. OK ?

Juicy roulait des mécaniques.

Une fois dans le van, Burl a fait une marche arrière rapide avant d'accélérer pour remonter la route. Il aimait conduire dangereusement.

Quelque chose sentait mauvais.

— Le lapin s'est lâché, a avoué Jack.

— Fiston, c'est pas des crottes de lapin.

Burl avait l'air de s'y connaître.

— L'opossum aussi. Et le putois. Ils ont peur.

— Le putois ?

— Y a un putois derrière ? ai-je répété en écho.

— C'est un gentil putois, a affirmé Jack.

— D'ailleurs, je me suis posé une question. Pour sauver les animaux, est-ce qu'il ne faudrait pas en prendre deux de chaque ? Est-ce que, plus tard, ça ne sera pas un problème de n'en avoir qu'un seul ?

Jack m'a regardée avec des yeux éberlués.

— Evie, a-t-il répondu sur le ton du reproche. Tu plaisantes ? Nous ne sommes pas les seuls.

— Les seuls quoi ?

— À les collecter. Plein d'autres gens le font.

— Comment tu sais ?

— Il faut avoir la foi, Evie.

Burl et moi avons échangé un regard en coin.

— Une chose est sûre. Ce gamin sourd est incroyable, a murmuré Burl. Je n'ai jamais vu un trappeur professionnel aussi rapide que lui.

— Vous avez utilisé des pièges ? ai-je demandé à Jack.

Je les avais imaginés, Shel et lui, bras grands ouverts, à attendre que les animaux entrent tranquillement dans les cages. Je ne m'étais pas posé de questions.

C'est dire si j'avais été accaparée par d'autres sujets.

— Des pièges de capture, a-t-il précisé. Le plus

grand est de la taille d'un raton laveur. On les a trouvés dans la cabane à outils. Evie ! Aucun animal n'a été maltraité ! Ce genre de pièges fonctionne très bien.

— Il a pas tort, a dit Burl.

Il a secoué la tête.

— Un putois, ici. Avec nous. Nom de Dieu.

Après ça, il a conduit moins dangereusement.

La grange était peinte en rouge, et juste à côté se trouvait une maisonnette blanche dont la façade était recouverte de lierre qui grimpait jusqu'au toit. Un vieux silo à grain en métal se dressait au-dessus de ces deux bâtisses. L'ensemble était presque pittoresque.

Mieux encore, aucun arbre n'était tombé. Ce qui contribuait à créer une atmosphère paisible. Un havre, pratiquement. Il n'y avait aucun bruit, à l'exception d'une brise dans les bois de l'autre côté du champ et d'une sirène au loin.

Trois ânes paissaient au bord du champ. J'ai fait remarquer qu'il y avait des moutons. Six ou sept.

— Ce ne sont pas des moutons, mais des chèvres, m'a corrigée Jack.

— Comment tu les différencies ?

— Evie ! La queue des chèvres monte. Celle des moutons descend.

Derrière le cottage, Burl nous a montré un générateur, qu'il a branché afin de mettre le frigo en marche. Nous avions dérobé quelques briques de lait et des plaquettes de beurre. Dans la grange, nous avons vu deux rangées de box et un grenier à foin, quelques engins agricoles poussiéreux. Nous avons grimpé à l'échelle et trouvé des bottes de foin à l'étage. Comme promis.

Il y avait deux véhicules tout-terrain, sur lesquels

Low et Juicy se sont rués. Électriques, avec un bouton-poussoir pour mettre le contact. Dee les a sermonnés pour qu'ils mettent des casques qu'elle avait trouvés sur des patères, et ils sont partis faire des embardées dans le pâturage.

Certains d'entre nous sont restés dans la cuisine de la maisonnette, où nous pouvions brancher nos téléphones. Il n'y avait pas assez de réseau pour téléphoner – les messages vocaux furibonds des parents nous sont parvenus hachés, ce qui nous convenait parfaitement –, mais nous pouvions aller sur Internet.

Nous avons lu qu'à New York la tempête avait inondé les tunnels du métro, et qu'à Boston le fleuve était sorti de son lit. En tombant, des lignes électriques avaient électrocuté des gens qui se trouvaient dans leur véhicule, et des voitures, des poubelles et des animaux de compagnie avaient été emportés dans les rues aux allures de rivières déchaînées.

Nous avons regardé des vidéos de maisons qui s'effondraient.

— Vous ne croyez pas qu'ils ont juste, genre, rediffusé des images de tous les ouragans du passé ? a demandé Sukey.

En temps normal, c'était la Floride, la Louisiane ou d'autres régions où aucun d'entre nous n'habitait. À présent, à en croire ces images, c'étaient des lieux plus proches de chez nous. C'étaient des pins qui étaient fouettés par les vents à la place des palmiers.

Des émeutes, disaient-ils. Des pillages. Des états d'urgence. Le président avait promis de l'argent.

— Un jour, il n'y aura plus d'argent, a déclaré Terry.

— Même les applis ne fonctionneront plus, a ajouté Sukey.

Nous nous sentions découragés, là, dans cette maisonnette. Découragés et pétris de doute. Soulagés d'être où nous étions – ça, c'était sûr.

Mais là-bas, en dehors de notre champ de vision, les possibilités s'amenuisaient. Des choix n'étaient plus disponibles.

Je me suis avachie contre le plan de travail avec mon téléphone. Sur Instagram, James avait posté des photos retouchées de sa mésaventure maritime.

— Regardez !

Il était sur un selfie, torse nu devant un ciel d'orage, parfaitement filtré. Il tendait un bras vers les cieux, révélant ainsi ses pectoraux bien modelés. Son bras brandissait un drapeau orange orné d'un carré noir et d'un cercle.

#SOS, disait son commentaire. Il souriait.

On voyait Alycia de profil. Sa robe blanche, dont la jupe était fendue, volait derrière elle, révélant ses jambes minces.

#déesse.

Il y avait deux visages joue contre joue qui regardaient l'objectif : un homme d'âge mûr excessivement bronzé, grimaçant et luisant, et sa « femme-trophée ». Dans leurs mains croulant sous les bijoux bling-bling, des flûtes à champagne qu'ils levaient pour trinquer.

#jadoremesparentsnaufragés.

— Hashtag « lèche-cul », s'est moqué Rafe.

— Mes parents ? C'est même pas sa mère ! s'est indignée Sukey.

— À moins qu'elle l'ait eu quand elle avait trois ans, a plaisanté Jen.

J'ai quitté l'application.

— De bons arbres sur lesquels grimper près du pâturage côté est, a dit Burl à Val.

— De bons arbres sur lesquels grimper, a répété celle-ci.

Je les ai suivis dehors, et je suis restée debout dans le jardin de la maisonnette sous une tonnelle en bois couverte de petits boutons de roses. Je les ai regardés passer devant un enclos à l'intérieur duquel poussaient quelques légumes. Des rangs hauts de maïs et des amas sombres qui étaient, je l'apprendrais plus tard, du chou kale et des blettes. Des abeilles volaient en décrivant des cercles et de la vigne grimpait sur la clôture, dont elle pendait en volutes vertes.

Tandis que les grimpeurs d'arbres filaient à travers champs, j'ai ressenti à leur égard une affection surprenante. Deux petites silhouettes, légèrement courbées, qui auraient pu être de la même famille. Qui auraient pu grandir ensemble dans une tribu de singes. Des grimpeurs humbles et efficaces, à l'aise là-haut, au sommet des arbres.

Nous avions réussi à atteindre la ferme, tout ça grâce à Burl. Là, dehors, les routes s'étaient transformées en impasses. Sans lui, nous aurions roulé encore et encore, sans jamais arriver nulle part. Burl, et lui seul, avec l'étincelle d'énergie de son savoir, nous avait trouvé un refuge.

Jack et moi étions en train d'installer les cages des animaux dans la grange quand un coup de klaxon a retenti. Je suis sortie par la porte en bois qui grinçait et une vision redoutée s'est imposée à mon regard : une mère.

La grosse.

Elle est descendue de sa voiture et est restée plantée devant, les mains sur les hanches, le visage rougeaud.

Elle portait une longue robe ample, comme si elle avait dévalisé le placard de la mère paysanne.

— Sukey ! a-t-elle beuglé. Sukey !

Donc, en fin de compte, elle était bien la mère de Sukey.

Bon, Sukey s'en était sortie en bluffant. Pendant longtemps. Personne ne lui avait demandé de prouver qu'elle ne bluffait pas, et le bluff était parfaitement réglementaire.

Mais à présent, elle avait perdu. Lamentablement.

Il apparaissait que la grosse mère avait utilisé la géolocalisation de son téléphone pour nous retrouver. Elles se sont hurlé dessus dans le jardin. Nous ne rentrerions pas à la maison, a crié Sukey, alors qu'elle aille se faire foutre. Nous avions volé des voitures et il fallait les ramener, a braillé sa mère. C'était tout bonnement du vol ! Ils pouvaient nous dénoncer à la police.

Dans tes rêves, a rétorqué Sukey.

Les autres ont émergé les uns après les autres de la maisonnette et de la grange, à l'exception de Val et de Burl, partis grimper. Juice a même garé son véhicule tout-terrain. Nous étions là surtout pour assister au numéro de la grosse mère. Même si nous étions stressés aussi. Il y aurait des répercussions.

— Vous fichez quoi ici ? De la violation de propriété privée ? a hurlé la mère. Vous pourriez être arrêtés ! T'as envie de finir en prison pour mineurs ?

— Oh, arrête, a répondu Sukey. Tu sais bien que je suis prise à Brown, tous frais payés par la fac.

— Tu crois que ça te donne une immunité ?

— On connaît la propriétaire, alors ouais, a répondu

Sukey en déformant légèrement la réalité. Y a pas de problème.

— Balivernes !

— Si, c'est vrai, a insisté Sukey. Elle fait de l'agriculture en dilettante et habite à New York, dans le quartier de SoHo !

— Dans le quartier de Tribeca, pour être exact, a corrigé Terry.

— Dans ce cas, je veux lui parler.

— Elle n'est pas là en ce moment, a répondu Sukey. Manifestement.

— Je m'inquiète.

La voix de la mère avait changé. Elle chevrotait.

— Nous nous inquiétons pour toi.

Alors là, nous ne nous y attendions pas.

— Mouais… a lâché Sukey.

Agressive. Incrédule.

— Oh non ! s'est écriée la mère en se pliant en deux.

— Quoi ? a pesté Sukey, bras croisés.

— J'ai perdu les eaux !

Nous les avons regardées. Je crois pouvoir dire sans me tromper que nous pensions tous : *c'est quoi ce bordel ?*

— Tu me mitonnes ? C'est pas censé arriver avant un mois !

La grosse mère n'était pas si grosse que ça.

Ou du moins ne l'était-elle que temporairement.

À ce moment-là, nous avons vu les fameuses eaux. Nous les avons vues, et ce que nous avons vu ne nous a pas plu.

— Oh, oh ! a gémi la mère. Contraction !

— Putain ! Putain ! Tu gâches tout ! Pourquoi t'es venue ici ? Merde !

— Tu dois m'emmener en voiture. Oh ! Il le faut.

Je ne peux plus conduire, maintenant. Tu dois m'emmener, Sukey !

Sukey nous a regardés. Désespérée.

— Tu pourras toujours revenir, ai-je dit.

Mais cela semblait peu vraisemblable.

Sukey est entrée dans la grange en traînant les pieds et en est ressortie avec son sac en toile. Elle regardait le sol. Secouait la tête, vaincue.

Ensuite, elles sont montées dans la voiture. La mère titubait.

Et Sukey a démarré.

Un autre parent viendrait, ce n'était qu'une question de temps. Il valait mieux que nous partions, nous aussi, estimait Rafe – que nous mettions nos téléphones en mode avion avant de décamper.

Il avait à peine le cœur de célébrer sa victoire. Les jeux étaient faits, mais le dénouement de la partie n'avait contenté aucun de nous.

Alors nous nous sommes réunis autour d'un feu de camp à la nuit tombée et avons essayé de trouver un itinéraire qui nous mènerait au manoir de Juicy le lendemain matin. On ne nous a même pas proposé notre précédent trajet, celui avec les lignes électriques qui faisaient des étincelles et les arbres sur la route.

Juicy voulait fumer l'herbe des parents, mais nous avons voté contre. Selon Terry, il fallait garder les idées claires.

Il a essayé de passer son bras autour de Jen, mais elle l'a repoussé d'un haussement d'épaules. Irritée.

— Ils n'auront pas recours à la force, si ? a demandé Rafe.

— On est plus malins qu'eux, a estimé Terry.

— Réfléchis un peu. Si la mère de Sukey y est arrivée, n'importe qui peut le faire, a dit Jen. Elle est pratiquement attardée.

Saloperie de technologie. À moins de désactiver ou de virer nos téléphones, impossible de nous isoler parfaitement, a déclaré David.

— Peut-être qu'on reste ici même s'ils sont au courant, a suggéré Dee. Ils ne vont pas appeler la police, si ?

— On n'est pas une priorité, a fait remarquer David. En plus, ils recherchent toujours Amy.

Nous avons remarqué Val dans le halo de lumière. Et Burl. Ils étaient revenus.

— On a gravi une colline, a dit Burl.

— Colline, a répété Val. On l'a gravie.

— Colline ? s'est étonné Low. Il y a une colline dans le coin ?

— À quelques kilomètres d'ici. L'antenne-relais sur la crête, a expliqué Burl. Très bon réseau. J'ai discuté avec la propriétaire des lieux. Si on reste, elle m'a chargé de vous communiquer quelques règles de base.

Val s'est rapprochée du feu et a levé les bras, remontant les manches de son sweat. Des mots étaient écrits sur sa peau en petites lettres. Au stylo-bille. Elle a plissé les yeux et commencé par son bras droit.

— Premières règles. Euh. C'est elle, la propriétaire. Alors on doit faire ce qu'elle dit. Et aussi, la respecter.

— Mais si on ne lui obéit pas, comment elle le saura ? a demandé Juice.

Val a haussé les épaules.

— Faut pas faire de bruit le week-end.

— Au cas où d'autres citadins arriveraient jusqu'ici, a expliqué Burl. Les gens qui viennent le week-end ont tendance à rechercher la paix et le silence.

— Ensuite, respectez vos aînés, a lu Val.
— Euh, plus facile à dire qu'à faire, a dit Rafe.
— Hé, je compte ! a protesté Burl. Tâchez juste de me respecter moi.
— Pas d'infraction à la loi, a poursuivi Val, passant de son bras droit à son bras gauche. Et pas de sexe.
— Quoi ? a couiné Jen.
— Puritanisme ! s'est offusqué Terry.
— Frigide, a craché Juicy.
— Manque de respect. Vous avez déjà enfreint la règle numéro deux, a souligné Jen.
— Les autres règles : ne pas voler ses affaires ; la mettre au parfum si elle veut des nouvelles ; et faut pas traîner avec les gamins du voisin. Ni voler les affaires du voisin.
— Elle fait une grosse fixette sur les voisins, a constaté David.
— Et le sexe, a estimé Jen. Qu'est-ce que ça peut bien lui foutre ?
— Y a quoi à voler ici ? a demandé Rafe. Des ânes ?
— Voilà, a dit Val avant de rabattre ses manches. À manger, s'il vous plaît ?
— Et donc, quelle est la punition si on enfreint les règles ? a demandé Dee.
— Ouais. Y a des punitions ? a demandé Juice.
— Comment peut-elle nous punir sans être ici ? a demandé Jen.
— Surveillance ? a suggéré David.
— Hé, Evie ! a crié Jack.
Il venait juste de sortir de la grange, talonné par Shel.
— On lui a retiré son pansement. Elle vole !
Une silhouette d'oiseau s'est éloignée d'eux à tire-d'aile et s'est posée sur le toit. Elle a atterri sur le faîte où elle est restée perchée.

La première chose qui m'a frappée a été la vitesse à laquelle elle s'était remise de sa blessure.

La seconde : en réalité, le problème avait été le pansement.

Parce que bon, c'étaient des gamins. Pas des vétos.

Mais j'ai gardé ça pour moi. Évidemment. Mon petit Jack.

— C'est incroyable ! me suis-je donc exclamée à la place.

Le téléphone de David a fait *ding*.

— Euh. Les parents sont malades, a-t-il lu.

— Malades comment ? ai-je demandé.

— Fièvre et frissons. Maux de crâne.

Nous avons regardé Burl.

— Ça peut être tout et n'importe quoi, a-t-il dit avec modestie.

— Ou alors c'est un fléau, a fait remarquer Dee.

Nous sommes restés là sans trop parler.

— Nourriture, s'il vous plaît ! a répété Val.

— La casserole est sur la cuisinière, a dit Jen.

Val et Burl ont filé.

Nous étions silencieux. Je n'avais pas pris cette histoire de fléau au sérieux. Pour moi, cela avait été surtout une excuse pour partir. Mais maintenant ?

Maintenant, je n'en étais plus si sûre.

Je ne savais pas non plus ce que nous devions aux parents. Étaient-ils désespérés ? Avaient-ils besoin d'aide ?

Personne ne voulait aborder le sujet. Mais nous réfléchissions.

Puis une notification de texto a retenti une fois de plus sur le téléphone de David.

— Euh.

— Quoi ? a demandé Jen.

— Ma mère me dit de ne pas rentrer tout de suite.

— Quoi ? a demandé Rafe.

— Elle dit que c'est peut-être contagieux.

Nous sommes restés assis dans le rougeoiement des flammes qui vacillaient. Je n'en revenais pas : les parents, pris en flagrant délit d'altruisme.

J'avais presque envie de les remercier.

Au bout d'un moment, Rafe a éteint le feu, et alors que nous regagnions la grange, j'ai vu le ciel et pointé le doigt dans sa direction. Nous nous sommes arrêtés et avons levé les yeux.

— C'est quoi ce bordel, a lâché Jen.

Des vagues de lumière vertes et violettes se mouvaient au-dessus de nos têtes. Des bandes et des rayons. C'était beau.

— Psychédélique, a sorti Juice.

— Impossible, a estimé David. N'est-ce pas ?

— C'est l'aurore, a dit Jack.

— *Aurora borealis*, a précisé Terry.

— Je croyais qu'elles se produisaient au pôle Nord, a objecté Jen.

— Et Sud, a dit Rafe.

— Ouais. Les pingouins peuvent les voir, a affirmé Jack.

— Mon ancêtre les a vues. Quand il a conquis le désert sibérien, il y a un millier d'années, a raconté Low. Il s'appelait Gengis Khan.

Vieille banane.

— D'ailleurs, on est où ? a demandé Jen.

Burl mâchait un bâtonnet de quelque chose. Du bœuf séché. Ou de la réglisse rouge.

— Pennsylvanie, a-t-il répondu. Près de la frontière de l'État.

— C'est à cause de la tempête ? s'est interrogée Jen.

— C'est un signe ? a voulu savoir Low.

— J'en doute, a répondu Burl en continuant de mâcher. D'un point de vue technique, c'est l'activité magnétique à la surface du soleil. Un maximum solaire, peut-être.

Il était carrément futé, pour un jardinier.

Bien après que les autres se furent glissés dans leurs sacs de couchage et sous leurs tentes, je me suis allongée dans l'herbe pour observer les vagues vertes. J'avais enfin mon moment de solitude.

C'était le plus beau spectacle lumineux que j'aie jamais vu.

Gengis Khan avait vu ces vagues, à en croire Low. Les Inuits les avaient vues. Les morses et les pingouins aussi. Et maintenant, c'était à mon tour d'assister à ce spectacle. Mais qui les verrait plus tard ?

J'ai pensé à des plateformes étincelantes dans l'espace, à des vaisseaux spatiaux argentés qui se déplaçaient devant les milliards d'étoiles. J'ai pensé à la vigne vierge recouvrant les ruines de bâtiments et de monuments.

Ça m'a démangé et j'ai pensé : Une tique est-elle en train de grimper sur moi ? À cet instant précis ? De s'enfoncer dans ma peau ?

Et puis j'ai pensé : Attends. Oublie la tique. Pourquoi nous plaignons-nous tout le temps ? Nous avons la chance d'être en vie.

6

Dans le rêve, j'étais contente de voir le visage de Sukey. *Chère Sukey*, ai-je pensé dans un demi-sommeil. Notre meneuse. Chère meneuse. Elle me manquait déjà. Son visage était auréolé de lumière, et des choses piquantes se sont enfoncées dans mon corps. Il fallait que j'enlève ces choses pointues.

C'était de la paille, parce que j'étais dans le grenier à foin et que j'avais roulé en dehors de mon matelas.

— Merde, a dit le visage.

C'était donc vraiment elle.

Je me suis levée en sursaut. Elle était agenouillée à côté de moi, à bout de souffle après avoir grimpé à l'échelle du grenier à foin. Sa lampe torche m'aveuglait.

— On n'a pu aller nulle part, m'a-t-elle expliqué, haletante. On n'a même pas pu retourner à la maison. Le pont qui enjambe le cours d'eau qu'on a traversé à l'aller ? Effondré ! Il n'en restait plus que, genre, la moitié. J'ai tenté tous les chemins possibles. Mais elle n'arrive plus à marcher. J'ai quasiment dû la porter jusqu'ici.

— Elle va toujours accoucher ?

Pour ma défense, j'étais à moitié endormie.

— Elle est en bas. Qu'est-ce que je vais faire ?

— Il est arrivé quoi à ton beau-père ? Il est où ?

— C'est pas mon beau-père.

— On s'en fout, Suke. Le père du bébé.

— Ils ont rompu. Elle a découvert qu'il avait couché avec quelqu'un d'autre.

— Quoi, pendant l'épisode ecstasy ?

— Nan. Avant l'été. Bref. Il lui a balancé qu'il n'avait jamais voulu de ce bébé. Pendant qu'ils achetaient des réserves en prévision de la tempête, il est parti rejoindre la ville. Dans la voiture, elle n'a pas arrêté d'en parler, mais moi, je lui répétais juste : je t'avais bien dit que c'était un connard.

— Faut prévenir les secours.

— J'ai appelé quand j'étais sur la route. Impossible de les joindre.

— Essaie encore.

— Mais les contractions, elles sont, genre… souvent.

J'ai tendu le bras et donné des petits coups à Rafe. Il a grogné et a ouvert les yeux. J'ai ensuite réveillé Jen de la même façon.

— Reste devant la porte du grenier à foin jusqu'à ce que tu aies trois barres de réseau, lui ai-je ordonné. Il nous faut une ambulance. Ou une évacuation médicale d'urgence.

Rafe, Sukey et moi avons mis nos lampes frontales et sommes descendus. J'ai entendu les autres se réveiller. Deux ânes étaient entrés.

La mère de Sukey était par terre. Elle était assise sur une couverture, jambes écartées.

— Bénie soit cette longue robe, a murmuré Rafe.

La mère se balançait d'avant en arrière en gémissant.

— Il faut qu'on l'emmène dans la maisonnette, a dit Sukey. Non ? C'est plus propre, là-bas.

La mère a secoué la tête.

— Je ne bougerai pas.

Et elle a de nouveau gémi.

— Non. Je ne bougerai pas !

— Mettez-la dans ce box ! a crié Dee depuis le grenier à foin. Celui dans lequel il n'y a pas de paille par terre. Je comptais dormir dedans, alors je l'ai récuré à la Javel. Mais ensuite, je suis quand même montée. Y avait toujours une odeur dégueulasse.

Sukey et moi avons tiré la couverture sur laquelle la mère était assise. Nous tenions les deux coins avant, comme pour déplacer un meuble lourd sur une serviette ou un tapis. Nous avons dû contourner un âne qui refusait de bouger.

La mère a basculé en arrière et est tombée comme un sac.

— Je vais chercher Burl, a proposé Val qui est descendue en se balançant à une poutre.

Tout le monde à part les petits garçons était désormais debout.

Nous avons remis la mère en position assise avant de l'adosser au mur au fond du box. Elle avait les yeux fermés. Et respirait bruyamment.

— Oreillers ? a lancé Sukey.

— Peut-être des glaçons. Regardez comme elle transpire, a souligné Rafe.

— On n'a pas de glaçons, a dit David.

— Je vais dormir dehors, a lancé Juicy en traînant son sac de couchage par terre.

Le sac a ramassé de la paille, de la poussière et probablement du crottin d'âne.

— Moi aussi, a sorti Low. Ce machin est poilu.

— T'es né comment ? a hurlé Jen depuis la porte

du grenier à foin. Via une sainte cigogne, tu crois ? Toute blanche, avec un chœur de vierges qui chantait un cantique ? Pendant qu'elle volait et te déposait dans un berceau en or ?

— C'était un vagin, a dit Sukey.

— Non, a rétorqué Juicy. C'était une césarienne.

— Musique de mise en attente ! a crié Jen de là-haut. J'ai la musique de mise en attente !

Sukey a repris espoir. Jusqu'à ce que sa mère hurle.

Et Burl est arrivé. Derrière lui, il y avait un petit groupe de gens débraillés que nous n'avions jamais vus. Ils étaient quatre. Barbus, cheveux gras. De longs sacs à dos se dressaient au-dessus de leurs épaules, et lorsqu'ils se sont approchés, ça sentait les pieds et les aisselles.

Trois hommes et une femme, si je ne me trompais pas dans les sexes. Le seul indice, c'étaient les barbes. Leur peau, leurs cheveux et leurs vêtements avaient tous la même couleur : celle de la crasse.

— C'est qui, ces bouffons ? a demandé Sukey.

— Ils viennent du sentier des Appalaches. Ce sont des anges de sentier.

— Ça fait gay comme nom, dit Juicy.

— Je t'avais prévenu de ne pas employer le mot « gay » comme ça, l'a sermonné Rafe. Maintenant, je dois faire pleuvoir le feu de l'enfer sur ta tête d'abruti.

— C'est quoi, un ange de sentier ? a demandé Jen.

— Des gens qui se rendent à certains points du sentier pour y déposer de l'eau et de la nourriture, a expliqué Burl. Par charité. Vous savez, pour les randonneurs longue distance. Ceux qui parcourent l'intégralité des trois mille deux cents kilomètres du sentier.

— Y a des gens qui marchent trois mille deux cents kilomètres ? s'est étonnée Sukey.

— Oui, on les surnomme les « *thru-hikers* ». La plupart des anges de sentier se contentent de déposer des trucs à des endroits accessibles en voiture. Ceux-là sont plus extrêmes, a poursuivi Burl.

— On est partis avec nos sacs à dos remplis de nourriture pour une semaine de livraison, a expliqué l'un des hommes. On terminait juste notre tournée quand la tempête s'est abattue.

— Hé, l'un de vous aurait-il une formation médicale ? a demandé Burl en se tournant vers le groupe. On a parmi nous une femme sur le point d'accoucher.

— Ici. Moi, Luca. J'ai des notions de secourisme.

Sukey lui a fait signe d'approcher. Sa mère a de nouveau hurlé – enfin, rugi, plutôt.

— Je vais faire ce que je peux, a dit Luca avant de se délester de son sac à dos.

Les autres anges étaient également en train de poser leurs sacs à dos par terre. J'aurais pu demander à Burl ce qui l'avait poussé à les inviter à se joindre à nous, mais j'étais trop soulagée pour y réfléchir.

— Sukey ! J'ai besoin de Sukey ! a grogné la mère.

— Je reviens ! Je dois juste me laver les mains.

— C'est quoi, notre adresse ? a demandé Jen à l'étage. J'ai quelqu'un ! J'ai un opérateur !

Burl s'est précipité en haut de l'échelle et a pris le téléphone.

— C'est un chemin de terre. La ville la plus proche ? Euh, eh bien. C'est au milieu de nulle part. Mais à l'est de là où on est, il y a une petite ville qui s'appelle Alpha. À l'ouest, c'est Bethléem.

Heureusement, Jack avait le sommeil lourd.

Presque tout le monde est parti, sous prétexte que la scène ne les regardait pas. Je pensais que cela ne me regardait pas non plus, mais Jen et moi avons dû rester parce que Sukey nous l'a demandé.

Aucune ambulance n'est venue.

Quand le haut du crâne du bébé a commencé à poindre et que les anges ont murmuré des mots d'encouragement, je suis sortie du box. La mère se tortillait et grommelait. J'avais envie de regarder autre chose, n'importe quoi d'autre, alors j'ai choisi l'un des mammifères marron de Jack, peut-être bien une marmotte. Je me suis accroupie devant sa cage et j'ai essayé de voir sa tête, mais l'animal me tournait le dos. J'ai fixé sa fourrure. Nous étions tous les deux des mammifères, ai-je songé.

Alors nous avions cela en commun.

Le bébé a hurlé.

Voilà comment Sukey a eu une sœur. Mais sa mère n'arrêtait pas de saigner.

Et donc sa mère est morte.

Pendant un long moment, nous avons eu le sentiment d'être loin. Sous le choc, j'imagine. D'un côté, nous connaissions à peine la mère de Sukey. À l'image des autres parents, elle nous avait bien tapé sur les nerfs. Même si je ne voulais pas trop m'attarder sur ce fait.

D'un autre côté, elle était morte.

Sukey non plus n'avait pas trop apprécié sa mère, mais là, ça dépassait vraiment les bornes.

D'autres avaient certainement nettoyé après. Je n'ai vu qu'une serviette imbibée de rouge entassée dans un seau. Jen et moi sommes restées assises avec nos petits frères, que nous avons serrés dans nos bras. Juicy et Low sont entrés une fois, ont regardé et sont repartis le dos voûté, en donnant des coups de pied dans la paille sur leur passage.

Jack et moi avons regardé la chouette effraie voler au-dessus de nos têtes et se percher sur la porte du box restée ouverte, surplombant ainsi la dépouille de la mère. Cette dernière était recouverte d'un drap blanc pris dans le lit de la maisonnette.

La chouette est restée. A monté la garde.

Pour la première fois depuis notre arrivée à la campagne, je me suis sentie désarçonnée. Je n'arrivais pas à savoir si c'était de la peur ou de la confusion.

— Evie ! Est-ce qu'elle est vraiment morte ?

— Oui, Jack, je le crains.

Impossible d'édulcorer le tableau.

— Pourquoi elle est morte, Evie ?

— Elle a perdu beaucoup de sang.

Il s'est mis à pleurer. Je l'ai pris sur mes genoux et j'ai commencé à me balancer d'avant en arrière. Moitié pour lui, moitié pour moi.

J'ai essayé de me calmer en visualisant des systèmes organisés du quotidien : ma chambre à la maison, la commode, le miroir, le placard. Les cintres dans le placard, les pulls pliés dans les tiroirs. Je les ai comptés et j'ai catalogué leurs différentes couleurs. J'ai essayé de me rappeler le tableau périodique. On nous avait obligés à le mémoriser en chimie, mais ça remontait au premier semestre. C'était il y a des lustres. 1 H : Hydrogène. 2 He : Hélium. 3 Li : Lithium. 4 Be : Béryllium… et ensuite, j'ai eu un trou.

Alors j'ai passé en revue la liste de verbes irréguliers et leurs conjugaisons que nous avions dû apprendre en cours de français. Je préférais le français à la chimie. *Être. Je suis. I am. Tu es. You are.* Forme familière.

Toute la nuit, Sukey est restée assise au côté de sa mère morte, avec le bébé dans les bras. Le matin venu, les anges ont réussi à la convaincre de baigner l'enfant, et l'ont guidée à l'extérieur de la grange, jusque dans la maisonnette.

J'ai confié une tâche à Jack et à Shel pour leur changer les idées : retrouver les chèvres, s'assurer qu'elles étaient toujours dans les parages. Hors de question d'en perdre une seule, ai-je dit.

Ensuite, je suis allée dans la voiture de la mère, qui, dans la précipitation, avait été abandonnée n'importe comment derrière celles qui nous avaient servi à venir ici. J'ai ouvert le coffre. Il y avait un sac de vêtements pour bébé, ainsi qu'un biberon et un paquet de couches minuscules. Elle avait tout préparé, ai-je pensé. J'ai senti une vague s'abattre sur moi.

Elle voulait prendre soin de son nourrisson. Et voilà qu'elle ne le ferait jamais.

Sukey a habillé le bébé avec une grenouillère en coton.

J'ai essayé de joindre son beau-père avec le portable de sa mère – Sukey a hoché machinalement la tête lorsque j'ai pointé le doigt vers son nom dans les contacts –, mais pas de réponse. Messagerie saturée.

Donc, à présent, nous étions confrontés à deux problèmes : comment nourrir le bébé, et que faire du corps de la mère.

L'un des anges avait un sachet de lait en poudre, mais cela rendrait le bébé malade. Un autre ange – un biologiste qui étudiait les oiseaux sur le sentier des Appalaches et qui avait rejoint les autres au moment où la tempête avait frappé – nous a déconseillé de nous en servir pour le nourrir.

Nous n'avions pas de mère sous la main, alors il nous fallait du lait infantile.

Burl est monté dans une voiture et est parti en chercher. Il y avait une épicerie dans une station-service, à environ huit kilomètres. Ils en auraient peut-être.

David et Terry ont aidé à envelopper la mère dans un linceul confectionné avec des draps. Les anges ont conféré à voix basse dans un coin de la grange, à côté d'un poulailler désert.

Je me suis discrètement accroupie derrière un âne pour écouter.

— Ce n'est qu'une gamine, ai-je entendu quelqu'un chuchoter. Qui essaie de s'occuper d'un nouveau-né, nom de Dieu. C'est trop lourd à porter.

— … une suggestion. Et laissons-la dire oui.

— Ou non.

— L'enterrer ici, ce n'est pas légal.

— C'est pour ça que j'ai évoqué le feu.

— Mais avec un enterrement, on pourra revenir en arrière. Quand on aura repris le contrôle de la situation. Avec le feu, pas vraiment.

— On attend peut-être ?

— Mais ça pourrait être traumatisant. Tu sais. La décomposition. Pas impossible qu'on soit coincés ici pendant des jours. Des semaines, même.

— Le père ?

— Absent. Injoignable.

— Et s'ils ont besoin du corps pour une autopsie ?

— Ils ont d'autres chats à fouetter. Sur CNN, ils ont dit des *milliers*.

Des milliers de quoi ?

Ils ont envoyé une délégation auprès de Sukey. J'ai suivi. Elle était dans la chambre de la maisonnette, assise en tailleur sur le lit, le bébé dans les bras.

— Dans la tradition hindoue, a commencé la femme ange, qui était blanche mais avait des dreadlocks châtaines, le feu purifie et permet à l'âme d'échapper à son corps. Alors ils construisent de beaux bûchers funéraires. Ils drapent les défunts de blanc…

Sukey l'a regardée fixement. Et a parlé.

— Elle n'était pas hindoue, bordel !

— Je ne voulais pas…

— Mais va pour un bûcher funéraire, j'imagine.

Nous avons dû ramasser du bois, car la pile à côté de la maisonnette ne suffisait pas. Il nous a fallu un moment pour trouver du petit bois sec. Rafe était chargé de construire le bûcher, et nous suivions ses instructions.

Le temps que le bûcher monte assez haut, nous étions fatigués et courbaturés. Le tas de bois se dressait bien au-dessus de nos têtes, ce qui était voulu. Nous n'avions pas envie de voir les choses en gros plan.

Au coucher du soleil, les anges ont transporté le long paquet blanc sur des planches de la grange au bûcher et l'ont hissé sur ce dernier. Leurs mains tremblaient – je me rappelle l'avoir remarqué. J'avais peur qu'ils ne le fassent tomber.

Alors que Rafe allumait le petit bois, Sukey est sortie, toujours avec le bébé. Elle refusait de se séparer de lui. Les larmes avaient laissé des traces sales sur ses joues, mais elle a regardé sans flancher le linceul de sa mère et n'a plus pleuré.

Nous avons eu quelques faux départs : du bois humide s'était immiscé dans la pile. Mais les flammes ont fini par s'élever. Rafe était angoissé. Il avait bricolé une cage en métal pour organiser le bois – le poulailler posé sur un abreuvoir – et craignait que son édifice ne s'effondre. Chaque fois qu'une bûche ou une branche bougeait, j'entendais une brusque inspiration.

Les anges étaient plus ou moins des hippies. Voilà pourquoi, sans doute, ils n'ont pas pu s'empêcher de pousser la chansonnette. David prétendait l'avoir senti venir. Inévitable, a reconnu Terry.

D'abord, il y a eu la femme, Darla. Elle a chanté toute seule en latin. Elle nous a expliqué qu'elle « offrait un hommage » qui remontait à sa jeunesse. Elle avait reçu une éducation catholique. Mais depuis, elle s'intéressait au spirituel, nous a-t-elle expliqué.

Elle avait une voix aiguë et claire.

— *Ahhhhh-ve Mari-i-a*, a-t-elle chanté. *Grati-ia plena, Do-ominus tecum.*

— Le Seigneur est avec vous, a traduit Terry. Vous êtes bénie entre toutes les femmes, Jésus, le fruit de vos entrailles, est béni…

Rafe lui a donné un coup de coude dans les côtes.

Ensuite, les autres ont pris le relais. La chanson suivante était en anglais. C'était un morceau des années 1960 qui parlait de changement de saison, de rires, de pleurs et de paix, « *I swear it's not too late* ». Nous n'aurions pas chanté même si l'air nous avait été familier, ce qui n'était pas le cas. Exception faite de Low.

Nous avons écouté. Au début, c'était gênant. Mais progressivement, ça ne l'a plus été.

On pouvait presque éprouver de l'amour envers la mère en écoutant les hippies chanter. Ou de la pitié qui passait pour de l'amour.

Ou peut-être était-ce la même chose.

Pour éviter que Sukey ne voie des fragments d'os, les anges ont collecté les cendres dans un sac en papier. Nous avons creusé une tombe peu profonde à l'autre bout du champ et nous y avons enterré le sac. Ensuite, nous avons traversé en groupe le pré avant de nous disperser.

Les muscles endoloris par la fatigue, je me suis hissée au sommet de l'échelle pour coucher Jack. Je lui ai lu un livre à la lueur d'une lampe torche. *George et Martha tonnent de rire.*

Il s'est tout de suite endormi. Mon petit garçon était encore plus épuisé que moi.

Je suis restée assise un moment à côté de son sac de couchage pour l'écouter respirer.

Ce soir-là, j'ai pensé que je n'aurais plus jamais envie de manger. Pourtant, le lendemain matin, à mon réveil, j'avais faim. David aussi, alors nous sommes allés tous les deux dans la cuisine de bonne heure.

Burl était rentré avec une boîte de lait infantile et un paquet de couches. Il avait sur la joue une entaille que Luca était en train de badigeonner de désinfectant. Debout devant le plan de travail, Darla mélangeait du lait infantile à de l'eau.

— Que s'est-il passé ? ai-je demandé.

Burl grimaçait tandis que Luca tamponnait sa peau avec une boule de coton.

— Sans foi ni loi, a-t-il dit. J'ai de la chance d'avoir pu prendre ce que j'ai pris.

— Sans foi ni loi ?

— J'ai verrouillé le portail. On peut toujours entrer à pied, mais pas en voiture.

— Nous nous rapprochons de l'équinoxe d'automne, a dit Darla. La Vierge et le Lion sont alignés. Vous avez tous vu l'aurore ?

Nous avons hoché la tête.

— Cela pourrait être un événement céleste majeur, a poursuivi Darla. Un message. Très significatif.

— Particules chargées, a dit Burl d'un ton résigné. La science. Ce n'est pas anormal. On a déjà vu des aurores boréales dans le coin. Moi-même, ça m'est arrivé. Il y a quatre étés.

J'ai passé en revue le frigo et les placards, j'ai fouillé. En comptant les anges dans les bouches à nourrir, j'ai estimé que nous avions de quoi réaliser un, peut-être deux repas normaux.

— Burl. Et la nourriture ?

— Pas d'inquiétude à avoir de ce côté-là.

— Ah bon ? On a genre un kilo et demi de linguine.

— Et un assortiment de bagels rassis, a ajouté Darla.

Elle a pointé le doigt vers le plan de travail. Burl les avait aussi rapportés de son expédition.

— Je vous montrerai plus tard, a-t-il dit.

Jen est sortie de la chambre – elle avait passé la nuit à veiller sur le bébé avec Sukey –, et en voyant le biberon de lait infantile, elle a poussé un cri de soulagement.

— Ces couches sont trop grandes, a constaté Darla en déchirant le paquet pour l'ouvrir. Elles sont prévues pour des bébés de dix-huit mois !

— Hé, tout doux ! a répliqué Burl. Ils n'avaient pas la taille nourrisson.

J'ai déballé les bagels et le fromage à tartiner, et puis j'ai crié pour battre le rappel depuis la porte d'entrée. Les autres ont afflué.

— C'est rassurant de savoir que, malgré le chaos, il y a toujours des bagels, a dit Rafe.

— C’est une preuve. Les Juifs sont le peuple élu, a dit David.

Il s’est engouffré un bagel multigraines.

J’ai éprouvé une pointe de jalousie. Il n’y avait qu’un seul multigraines.

— Antisémite, a lâché Jen.

— Euh… Je suis juif.

— Un Juif honteux, a dit Jen.

— Je les ai dégotés dans une boutique qui vend des beignets, a expliqué Burl. Porte ouverte. Vitrine défoncée.

J’ai pris deux bagels et me suis dirigée vers la grange pour retrouver Jack. Assis sur une balle de foin, les petits garçons écrivaient dans un carnet.

En approchant, j’ai vu la bible ouverte – une illustration de pains et de poissons. Les pains ressemblaient beaucoup à des baguettes et je me suis demandé si on en mangeait à l’époque, en Judée antique.

Et puis les poissons souriaient.

— Je vous ai apporté le petit déjeuner.

— Merci, Evie

Jack était préoccupé.

— Tu fais quoi ?

— Je décode, a-t-il répondu.

— T’es obsédé par ce livre. Franchement. Ça m’inquiète.

— Ne t’inquiète pas, Evie.

Il a signé, et Shel a hoché la tête.

— Shel aussi dit de pas t’inquiéter.

— Les temps sont durs, pas vrai, ai-je répondu.

J’ai serré Jack contre mon flanc avant de ressortir.

Dans la cuisine de la maisonnette, Burl était en plein débriefing.

— Ce que vous avez dehors, ce sont des gens complètement terrifiés. Certains sont armés jusqu'aux dents. Le réseau routier est HS. Alors pour ce qui est de rejoindre ta maison à Westchester, a-t-il dit en regardant Juicy, oublie. Même si les routes étaient praticables, on ne pourrait pas faire le plein. Il y a eu une ruée vers l'essence. Les pompes qui ne sont pas à sec sont verrouillées par des dingues. J'ai vu une station-service dont l'entrée était surveillée par une Jeep jaune. Des types avec des fusils.

J'ai regardé les autres. Dee paraissait terrifiée. Juicy déchiquetait un bagel avec ses dents. Ses yeux, immobiles, fixaient le sol, mais ses mains étaient agitées. Rafe était attentif et pensif. Terry tambourinait sur la table avec ses doigts, angoissé sans pour autant péter les plombs. Le visage de Low tâchait d'afficher une expression déterminée, comme si, peut-être, le temps était venu d'invoquer l'esprit vengeur de Gengis Khan.

Et Val… Eh bien, Val me paraissait indéchiffrable, comme d'habitude. Elle était à côté de Burl. Elle a tâté les poches de son treillis et en a sorti un canif.

Jen et Sukey étaient dans la chambre et n'avaient rien entendu de tout cela.

Quand Burl nous a guidés jusqu'au silo, Val, Rafe et moi, nous l'avons suivi sans un mot. En suspens.

La porte du silo avait de sacrés verrous. Un rabat en caoutchouc sous lequel se trouvait un clavier high-tech. Pendant que Burl pianotait sur des boutons et tournait des clés, j'ai tendu le cou et regardé vers le haut. De l'extérieur, ça ne payait pas de mine – du métal gris avec de la peinture blanche qui s'écaillait et des plaques de rouille. Ça montait à n'en plus finir.

Et puis Burl a poussé la porte qui s'est ouverte. Il a allumé les lumières.

Le long des murs tapissés de rayonnages, les escaliers s'enroulaient en colimaçon jusqu'en haut. Et le bâtiment avait l'air solide. Semblait même bénéficier d'une isolation. Il y avait des fauteuils en cuir et un revêtement au sol. Des câbles dans tous les sens. Des armes derrière la vitre d'une armoire forte.

Rafe a sifflé entre ses dents.

— On est là uniquement pour la nourriture, a annoncé Burl.

Il nous a ordonné de récupérer des denrées non périssables sur les étagères. Pendant qu'il nous attendait, nous avons fait deux trajets et transporté huit cartons jusqu'à la maisonnette. La première chose sortie de mon carton a été un sac de riz de cinq kilos. On allait sûrement en manger à toutes les sauces. Et aussi des haricots, des pêches en boîte et du beurre de cacahuète.

— Alors ça ! Finalement, t'avais bien une maison-bunker, a dit Rafe pendant que nous déballions la nourriture.

— Je suis juste gardien, a répondu Burl. Personnellement, j'ai que dalle.

J'ai dit à Rafe que d'après moi il fallait essayer d'appeler les secours une nouvelle fois, pour les parents, au cas où ils ne seraient pas en mesure de téléphoner eux-mêmes.

— Bien sûr qu'ils peuvent téléphoner, ils ont une ligne fixe, a-t-il rétorqué.

— T'es dur avec eux.

— Ça marche peut-être. Ou pas. Dans la propriété, les câbles sont enterrés, a fait remarquer Burl. Mais une fois sur la route, ils repartent en surface. Et beaucoup de ces lignes-là sont tombées.

Jen avait déjà capté dans le grenier à foin, alors je me suis assise là-haut sur une meule et j'ai envoyé un texto à mes parents : *Comment ça va ?* Et : *Très malades ?*

Prête à composer le numéro des secours si nécessaire.

Pas de réponse.

J'ai regardé le biologiste qui était en bas et parlait à Jack et à Shel en gesticulant. Je n'entendais pas ce qu'il disait et ne voyais que le sommet de leurs crânes, mais au bout d'un moment les garçons ont marché jusqu'à une cage qu'ils ont sortie par la double porte.

Puis une autre cage et une boîte, jusqu'à ce qu'il n'y ait plus un seul animal à l'intérieur. Il ne restait plus que l'aquarium et les seaux.

Je suis descendue en empruntant l'échelle et je les ai suivis. À l'orée du champ, où une rangée d'arbrisseaux séparait le jardin de la maisonnette du pâturage, les cages et les boîtes étaient alignées sur l'herbe. Les garçons se penchaient au-dessus de chacune à tour de rôle.

Des lapins sont sortis d'un bond et ont décampé. Pareil pour un écureuil. Un renard orange, dont les grosses oreilles en triangle étaient bordées d'un fin liseré noir, a détalé et disparu.

La boîte du putois a été transportée un peu plus loin, et j'ai attendu nerveusement. Mais les garçons sont revenus sans incident en crapahutant à travers le champ, et la queue touffue du putois a ondulé mollement tandis que l'animal rejoignait le maquis sans se presser.

— Comment avez-vous réussi à les convaincre ? ai-je demandé au biologiste.

Sa peau lisse était couleur olive. Pas totalement difforme, pour un vieux.

— Je leur ai simplement montré que les animaux souffraient.

Nous nous tenions côte à côte, et moi je me sentais mal à l'aise à l'approche des garçons. Je lui ai dit mon nom et lui, le sien. Mattie. Ça ressemblait à un nom de fille, ai-je fait remarquer.

Il l'avait souvent entendu. Il m'a raconté que c'était le surnom qu'on lui donnait, gamin, et que c'était resté.

Le visage de Jack était serein quand il est arrivé près de moi.

— Evie, a-t-il déclaré d'un ton solennel. La tempête est passée. Et il n'y a pas de fléau ici. Alors nous avons dû les libérer.

Je suis montée et je me suis installée sur le rebord de la porte à foin, en laissant mes jambes pendre de côté. Les garçons ont pris le chemin du cours d'eau qui coulait dans les bois. Munis de récipients à poissons.

Ding – SMS.

De mon père.

Dengue, disait le texto.

J'ai cherché ce que c'était. *Maladie tropicale transmise par les moustiques*...

J'ai dévalé l'échelle.

Mattie inspectait les plantes du potager, retournant les feuilles sur lesquelles il passait son pouce.

— Tu viens avec moi ? lui ai-je lancé.

Nous avons trouvé Burl, Luca, Terry et Jen. Notre groupe s'est installé autour d'une table de pique-nique blanche à côté d'un abreuvoir à oiseaux.

— C'est une maladie tropicale, leur ai-je annoncé.

— Mais on n'est pas sous les tropiques, a fait remarquer Terry.

— Finement observé, s'est moquée Jen.

— De nos jours, les maladies voyagent vite, a expliqué Mattie. Regardez les chauve-souris. Le syndrome du nez blanc. Et Lyme.

— Le diagnostic est peut-être erroné, a suggéré Luca.

— Mais la mère de Terry est médecin, ai-je souligné.

— Elle est juste gynécologue, a dit Jen.

— Euh, ouais. Docteur en médecine, pas crétine, a répliqué Terry.

— La bonne nouvelle, c'est que la dengue ne se transmet pas par voie aérienne, a précisé Luca. Et c'est un virus. Alors les antibiotiques ne sont pas nécessaires.

— Il faudrait en savoir plus sur la gravité de leur état. Certains d'entre eux auront peut-être besoin d'une transfusion, nous a appris Mattie.

— Ils seraient bien dans la merde, a dit Jen.

— Pas forcément, a tempéré Burl. On a du matériel médical de bonne qualité dans le silo.

— Je sais transfuser, a dit Luca.

— Mais vous avez aussi des poches de sang dans le silo ? a demandé Terry sarcastiquement.

— Non, a répondu Burl.

— C'est vous qui fourniriez le sang, a expliqué Luca.

— Non ! s'est insurgé Terry. Non non non non non.

— Tout dépendrait de qui en a besoin, bien entendu. Mais il est probable que certains d'entre vous soient compatibles avec le groupe sanguin de leurs parents.

— On ne peut même pas aller là-bas, ai-je dit. Y a plus de pont.

— On pourrait faire les deux derniers kilomètres à pied, a proposé Burl. On pourrait prendre le van. Mais un seul véhicule. Et sans essence. Ça pourrait être dangereux.

— On ne sait même pas s'ils en ont besoin, a protesté Jen. Parce que bon, c'est grave, la dengue ?

J'ai scrollé sur mon téléphone.

— La plupart des patients récupèrent au bout de deux à sept jours, ai-je lu.

— Voilà, pas de quoi s'affoler ! s'est écrié Terry.

Il s'est assis, satisfait.

— Cependant, certains développent une fièvre hémorragique, qui peut endommager les organes, provoquer des saignements sous-cutanés et engendrer la mort.

— Hum ! s'est écrié Terry.

— T'as moyen de savoir qui est le plus malade ? m'a demandé Burl. Et à quel point c'est grave ? On ira uniquement s'il y a des vies à sauver.

— Chacun devrait envoyer un texto à ses parents, a suggéré Mattie. Ratisser large. Poser ces deux questions. Voir ce que donne ce sondage.

Nous avons contourné le jardin jusqu'à la grange pour retrouver les autres et les mettre au parfum. J'ai fait signe à Low et à Juicy. Ils tournaient bêtement en rond à bord de leurs véhicules tout-terrain. Ils ont traversé le champ à toute allure pour me rejoindre. Leurs pneus soulevaient de la terre et des pierres, et ils ont freiné brusquement à la dernière seconde. Les blaireaux. J'ai sursauté.

— Il faut qu'on envoie des textos aux parents.

Je leur ai donné des instructions. Ils m'ont alors rappelé que leurs téléphones n'avaient pas survécu à la tempête. Pour la première fois, ils semblaient s'en réjouir. Jubiler, même.

Ils ont fait demi-tour avec leurs véhicules et sont repartis en poussant des cris de joie.

Sukey passait tout son temps à veiller à ce que le bébé soit propre, nourri et au chaud.

— Regardez, nous a-t-elle lancé à Jen et moi avec une certaine fierté.

Sa sœur était allongée au milieu du lit, au centre d'un tas de couvertures. Son visage était rouge et aplati, le haut de son crâne semblable à un cône recouvert de cheveux noirs. Elle ne bougeait pas beaucoup.

— Hé, ouais ! me suis-je exclamée.

Je ne savais pas trop ce que Sukey attendait. Je ne pouvais pas dire que le bébé était adorable. J'essaie en principe de ne pas mentir. J'ai opté pour :

— Bon boulot ! T'as vraiment fait des progrès.

J'ai ensuite observé Sukey plus attentivement. Ses vêtements étaient sales, et ses cheveux, gras et plats.

— Bon. Je vais rester ici avec Jen. On va surveiller le bébé. Toi, tu fais une pause. Tu prends une douche. D'accord ?

Jen m'a aidée à la convaincre. Pendant qu'elle était dans la salle de bains, j'ai écouté le bruit de l'eau.

Sur le lit, le bébé a bougé dans son sommeil.

— Les gens dehors sont armés ? a demandé Jen. Et nous, on est censés aller là-bas en voiture pour sauver leurs peaux ? À eux ?

— Peut-être, ai-je répondu.

La mère et le père de Dee étaient très malades. La mère de David également. Et celle (adoptive) de Low.

Mais, adopté ou pas, Low connaissait son groupe sanguin : O négatif. Il était donneur universel.

Il ne voulait pas y aller, absolument pas.
Mais il a fini par dire oui.

Burl a désactivé temporairement la fonction « empreintes digitales » et nous a confié les clés du silo.

— Montez tout en haut, nous a-t-il recommandé en grimpant dans le van. Installez un poste d'observation. En permanence. Envoyez-moi un texto s'il se passe quoi que ce soit.

Après leur départ – Dee, David et Low étaient à l'arrière du véhicule, Burl et Luca à l'avant –, Rafe et moi sommes montés au sommet du silo.

En haut des marches, dont le serpentement le long de la rotonde m'avait donné le tournis, se trouvait un palier avec une porte. Nous sommes sortis sur une plateforme qui dépassait du toit en arc de cercle et qui était ceinte par une rambarde chancelante. Il y avait un transat miteux orné d'un motif écossais.

J'ai vu des champs verts entrecoupés de rangées d'arbres et de portions de routes de terre. Les toits marron de bâtiments épars, une ferme à droite et une autre à gauche. À gauche, l'échine noir et blanc de vaches amassées autour d'un réservoir rectangulaire, et à droite, trois gamins en short qui lançaient un frisbee jaune pétant.

— C'est avec eux qu'on n'est pas censés traîner ? a demandé Rafe.

— Règle numéro neuf, je crois.

Tandis que je les regardais courir et se lancer le disque qui glissait dans les airs, pendant une seconde, les choses ont semblé normales. Un doute m'a traversé l'esprit : nous avions peut-être inventé le reste. Pour rigoler. La tempête, les arbres qui étaient tombés. La mère qui était morte.

J'ai ressenti une pulsation rapide de soulagement. Jusqu'à ce que je me rende compte que j'étais en train d'inventer tout ça. Ce qui était réel, c'était la fièvre. Et les cendres.

Au loin se trouvait le bleu du ciel, qui se dissipait en une brume.

Pendant un moment, dès le lever du jour, l'un de nous était dans le nid-de-pie. Les jumelles de Val restaient sous le transat.

Val aimait monter la garde, même si elle n'était pas vraiment vigilante. Elle attachait une corde à la rambarde en acier de la plateforme d'observation et s'entraînait à monter et à descendre. À force de s'exercer, elle descendait de plus en plus vite en rappel, affichant un large sourire quand elle rebondissait contre la peau métallique du silo.

Rafe aimait prendre son tour de garde car une fois au sommet, il pouvait taper dans des balles de golf avec un club volé dans la grande maison. Jen aimait bien ce moment parce qu'elle n'avait pas à s'occuper du bébé. Terry parce qu'il pouvait écrire dans son journal en toute intimité.

Il ne se passait pas grand-chose là-haut. Je regardais autant le ciel que la route, je calais mes écouteurs dans mes oreilles et je mettais de la musique. Je laissais mon esprit s'attarder sur nos amis absents. Partis donner leur sang. Même Dee, avec sa manie de se désinfecter compulsivement les mains et le corps, et David, qui aimait mettre des bâtons dans les roues des autres, ont commencé à avoir des allures de saints.

Maintenant qu'ils n'étaient plus là, ils étaient devenus des abstractions. Ils étaient des idées, et les idées étaient plus romantiques que les gens.

Une fois, j'ai même rêvassé à Low – une rêverie née de l'ennui. J'ai frémi tout du long. Tellement ça me mettait mal à l'aise. Je reculais, mais dans le même temps, je ne m'ennuyais plus autant.

Je me suis demandé si un relooking serait utile. Généralement, c'étaient les femmes et les filles qui se relookaient, alors qu'en réalité c'étaient les hommes et les garçons qui en avaient besoin. Plus que quiconque. Je me suis rappelé plusieurs films mettant en scène ce genre de métamorphoses, des personnes qui devenaient les plus belles versions d'elles-mêmes. Qui passaient de chenille à papillon. Sur fond de musique exaltante.

Dans les films, les relookings étaient présentés comme un triomphe de l'esprit humain.

Ce qui suggérait que, dans l'histoire récente, notre seuil de triomphe était bien bas. Il suffisait d'une touche de rouge à lèvres, d'une coupe de cheveux et d'un peu de gel coiffant. D'une nouvelle tenue.

Voilà en quoi s'était transformé l'esprit humain.

Ce genre de méditations était ce à quoi moi je consacrais mon temps, quand j'étais au sommet du silo.

Les journées s'écoulaient lentement. C'était une saison sans orages, où la pluie était rare. D'après le calendrier, ce n'était pas encore l'automne, mais étrangement, ce n'était plus l'été non plus. L'été avait été une autre époque, au cours de laquelle nous avions eu une grande maison où aller, un lac étincelant et l'océan bleu.

Le matin, nous nous occupions des ânes et des chèvres et donnions un coup de main à Mattie au potager.

Il y avait une rotation pour la préparation des repas. Tandis que les après-midi traînaient en longueur, nous lavions nos vêtements sales dans l'évier de la maisonnette et les étendions dehors pour qu'ils sèchent. Nous nous frictionnions à l'eau froide, partagions les brosses à dents jusqu'à ce qu'elles tombent en lambeaux et utilisions de minuscules noisettes de dentifrice. Celles d'entre nous qui avaient leurs règles devaient couper une même éponge en plusieurs morceaux. Nous faisions bouillir les morceaux sur la cuisinière pour les stériliser.

Les anges ont réalimenté le générateur avec de l'essence trouvée dans le silo. Ils aimaient patrouiller dans les bois. Nous cuisinions à tour de rôle avec Darla et l'ange prénommé John, qui avait été sous-chef dans une autre vie. Après le repas, Sukey emmenait le bébé sur la tombe de leur mère, où elle lui donnait le biberon en la berçant pour qu'elle s'endorme. Elle érigeait à côté de la sépulture un cairn avec des pierres du cours d'eau – chaque jour, elle en déposait quelques-unes de plus.

La plupart du temps, nous n'allumions pas les lumières de la maisonnette, afin d'économiser de l'énergie et de rester discrets. Il arrivait que Rafe fasse des feux dehors, mais nous les rationnions pour des raisons de sécurité. Nous nous regroupions autour des flammes tandis que les anges essayaient de nous enseigner leurs chansons hippies.

Darla disait que chanter était bon pour la santé.

— C'est comme sourire. Plus on le fait, plus on a envie de le faire.

Juicy a craché.

Ils nous ont appris une chanson célèbre et triste qui disait : « *Hello darkness my old friend, I've come to talk to you again* », et une autre intitulée *Spirit in the Sky* qui plaisait à Jack parce qu'elle parlait de Jésus, son ami imaginaire. Ça passait auprès de nous parce que les anges nous ont expliqué qu'elle était ironique. Qu'elle avait été écrite par un Juif du Massachusetts.

« *Never been a sinner, I never sinned*[1] », chantions-nous comme des casseroles par-dessus la version karaoké qui sortait de notre enceinte en forme de palet. « *I got a friend in Jee-sus.* »

Parfois, nous gueulions, presque avec défi : « *Never been a sinner! I never sinned!* »

Une photo nous est parvenue par texto sur le téléphone de Rafe, envoyée par David. Elle montrait la bibliothèque dans la grande maison. Chaises, tables et canapés avaient été poussés contre les murs de la pièce, devant les rayonnages, et avaient été remplacés par une rangée de matelas.

Des parents étaient allongés sur ces matelas, et à leurs côtés on voyait David, Dee et Low. En zoomant, on apercevait de minces lignes rouges qui couraient entre les bras des jeunes et des vieux. Des boucles gracieuses de tubes.

Cela m'a rappelé un article avec photos que j'avais lu, consacré à un laboratoire pharmaceutique. Ce dernier renfermait des centaines de limules dont le sang était collecté pour des tests médicaux. Les machines siphonnaient du sang dans des proportions qui ne tuaient pas les crabes et les maintenaient en vie afin qu'on puisse continuer à les ponctionner encore et encore.

L'entreprise appelait ça de l'élevage de sang.

À côté de moi, Jack a regardé fixement l'image sur laquelle je zoomais. En arrière-plan, petite et flou, se

1. « J'ai jamais été un pécheur, j'ai jamais commis de péché. »

trouvait la cheminée, et au-dessus, un tableau représentant des chasseurs avec leurs chiens.

Il a touché l'écran du bout du doigt, en suivant une boucle rouge qui allait de David à la mère de David. Il a suivi le mouvement des piqués.

— Il retourne d'où il vient.

Jack et Shel se trouvaient à un moment crucial de leur « trajet d'enfance » d'après Darla. Le temps passé loin de l'école et des jeunes de leur âge pouvait « inhiber leur développement social et scolaire ».

Elle avait une idée.

— Créer notre propre école dans la prairie ! s'est-elle écriée en tapant dans ses mains avec délectation.

Nous avons grimacé.

Ils pourraient suivre des cours : la biologie serait enseignée par Mattie, l'histoire, par John, et la poésie, par elle.

— Les anges sont désœuvrés, a constaté Terry quand nous en avons discuté. Ça pourrait les rendre fébriles. Voire destructeurs.

— L'oisiveté est la mère de tous les vices, a ajouté Rafe.

Alors nous avons dit oui. Ils pourraient donner des cours aux petits garçons, s'ils le souhaitaient. Nous les avons remerciés de leur intérêt.

Parfois, je restais assise immobile dans une voiture garée. Je me souvenais des usines. Je les avais vues à l'écran dans des centaines de variations, et j'avais toujours eu l'impression qu'elles étaient là, quelque part, à tourner, vrombir, des pièces bougeant à l'infini. Fabriquant les choses que nous utilisions.

À présent, je me demandais si elles étaient encore occupées, si elles produisaient. Ou si leur rideau était baissé et qu'elles étaient plongées dans le noir. Est-ce que d'autres usines ailleurs faisaient à leur place leur travail d'avant ? Ou est-ce que certains composants n'étaient plus du tout fabriqués ?

Je laissais mes yeux s'attarder sur le tableau de bord, sur ses surfaces en vinyle, sur la poussière dans les courbes. Je me demandais ce qu'il y avait derrière le plastique, et quelles parties étaient déjà obsolètes.

Mon téléphone avait cessé de m'intéresser depuis que les infos s'étaient mises à se répéter, apportant une couche supplémentaire de morosité chaque fois que je le consultais. J'ai résolu le problème en l'ignorant.

Les autres aussi ont abandonné leurs portables – des journées entières s'écoulaient entre deux consultations. Rafe et David s'envoyaient un message le soir, un simple *Ça va* dans un sens, et un *Ça va* en retour.

Pendant un temps, c'était tout.

Avant la tempête, nous lorgnions parfois les écrans de nos parents et nous emparions de leurs appareils quand nous avions besoin d'un shoot rapide. Glanions des éclairs télévisuels à travers une porte entrebâillée. Mais ces derniers temps, nous avions essentiellement ce qui s'offrait à nos yeux, la maisonnette, la grange et l'herbe haute des champs. Longue et courte, des touffes et des trous. La topographie. Nous avions le bois des murs et des clôtures, le métal des voitures garées, avec leur réservoir à essence presque vide.

Nous avions les angles des bâtiments et la pente des

collines, la ligne dessinée par la cime des arbres. Plus le temps passait, plus les images plates ont commencé à nous paraître étranges et en-deçà de la réalité. Des surfaces délicates et étranges. Les avions-nous toujours eues ?

Nous avions eu tant d'images. Des images partout, à chaque heure, chaque minute, chaque seconde.

Mais à présent, elles nous étaient étrangères. À présent, nous voyions tout en trois dimensions.

Le cours de poésie était consacré à tout ce dont Darla avait envie de parler. Elle le désignait aussi par le terme « Humanités ». Un jour, elle a raconté aux garçons une histoire de poux qui lui était arrivée en CE2.

— On m'a renvoyée chez moi devant les autres enfants. Ils savaient tous. Ils m'ont montrée du doigt. Ils ont dit : « Elle a des poux ! Totos, totos, totos ! »

Une autre fois, elle a parlé d'une amie dans le Maine qui élevait des alpagas pour leur laine dont elle faisait des chaussettes. Les chaussettes étaient chères, mais boudiou ce qu'elles gardaient vos pieds au chaud en hiver !

— Et elles absorbent l'humidité, a-t-elle expliqué à Jack.

Shel lui a montré les signes pour dire *alpaga* et *chaussette*.

En histoire, John parlait des lieux qu'il avait visités – la cloche de la liberté, Disneyland, le musée de la crème glacée –, mais surtout de la biographie de son ex-petite amie.

Elle l'avait quitté et elle lui manquait.

La biologie était la meilleure matière. Le cours avait lieu dans la grange. Mattie ouvrait des schémas sur son ordinateur portable et les projetait sur le mur blanchi à la chaux.

« *Proterospongia* » était le titre de l'un des schémas. On aurait dit un arbre tubulaire avec des globes oculaires au bout des branches.

— Voici des exemples vivants qui nous montrent à quoi ressemblait probablement l'ancêtre unicellulaire de *tous* les animaux.

D'autres se sont joints à la classe, un peu plus nombreux chaque jour. Au début, il n'y avait que Jack et Shel. Et puis Juicy est venu, puis Rafe, puis Jen et Sukey, avec le bébé. Tout le monde. Certains matins, tous s'asseyaient dans la grange. Je les regardais à travers la porte ouverte et voyais qu'ils avaient l'air studieux, le visage fidèlement tourné vers l'avant. On aurait cru des écoliers d'une époque révolue. En France, au temps des rois-soleils et des galeries des glaces, en Angleterre avant les guerres mondiales.

Des enfants qui, assis là, apprenaient de leurs professeurs en toute confiance. Avec l'assurance de savoir qu'ils avaient devant eux un avenir ordonné.

Ils restaient assis en silence, levant les yeux vers les projections.

Toutes les choses faites par d'autres, toutes les choses délibérées me sont revenues d'un coup. Les couleurs riches et les lignes élégantes. Les illustrations, les représentations créées par des artistes. Il y avait des coupes transversales et des schémas d'arbres, des schémas semblables à des constellations, à des échelles, des cartes, des spirales, et ils racontaient l'histoire de la planète.

Nous avons vu la première apparition de l'eau sous forme liquide après la formation de la Lune. La Terre trois milliards d'années auparavant, avec des marées de plus de trois cents mètres de haut et des vents puissants comme des ouragans. L'époque où l'oxygène est entré dans l'atmosphère, produit par les algues qui ont permis toutes les autres formes de vie. On voyait le début des plaques tectoniques. Une chronologie du premier sexe.

— La reproduction sexuelle a peut-être augmenté la vitesse de l'évolution, a avancé Mattie.

Les gens ont hoché la tête, attentifs. Même Juicy.

— Premier organisme multicellulaire ? Quelqu'un ? Il y a huit cents millions d'années. Il y a cinq cent cinquante millions d'années, on retrouve les premières traces de… ? Bien, Jack. De méduses, d'éponges et de coraux. Il y a cinq cent trente millions d'années, on retrouve les premières empreintes connues sur la terre ferme. Cela signifie que les premiers animaux ont peut-être exploré la terre avant même que des plantes poussent sur celle-ci.

— Et les premiers animaux avec des os ? a demandé Jack.

— Les premiers vertébrés, il y a quatre cent quatre-vingt-cinq millions d'années.

La liste des premiers était tellement longue qu'il a fallu la poursuivre le lendemain. Chaque nouvelle forme projetée sur les murs de la grange avait ses couleurs et ses détails : ici, un nautile, ici, un agnathe, ici, des filaments de champignons ou de petits poils appelés *cilia*.

Il a montré des dinosaures et des actinoptérygiens, des tortues et des mouches. Il a montré des silhouettes d'arbres avec des cônes, en nous expliquant qu'il s'agissait de gymnospermes. Quand ces derniers ont commencé à dominer la Terre, a-t-il déclaré, les animaux herbivores ont dû prendre des proportions gigantesques pour vivre en se nourrissant de plantes à faible valeur nutritive.

Il a montré un graphique des extinctions, sur lequel chaque événement ressemblait à la ligne pointue sur un sismographe.

Au bout d'un moment, notre dévouement à ces images était tel que nous étions presque des disciples.

Un soir, au dîner, j'ai mangé la moitié d'une tranche d'un pain de seigle tout juste entamé qui provenait du silo avant de remarquer qu'elle était recouverte de moisissure. Mattie a observé attentivement la moisissure, a dit aux autres de ne pas manger de ce pain, puis a essayé de ne pas paniquer pendant qu'il cherchait un émétique dans l'armoire à provisions.

J'ai pris le médicament et Mattie m'a tapoté le dos pendant que je vomissais dans les buissons.

Il a dit que c'était toxique. Cela ne me tuerait pas, maintenant que je m'étais débarrassée du plus gros, mais ce qui restait dans mon organisme me donnerait peut-être des hallucinations comme des champis ou du peyotl. Il faut juste que tu boives beaucoup d'eau et que tu dormes, m'a-t-il recommandé.

Je me suis réveillée au milieu de la nuit dans un état de confusion. J'ai cru entendre une voiture dehors.

Complètement dans le coaltar, la tête farcie et la vue troublée, j'ai descendu, jambes flageolantes, l'échelle du grenier à foin. La grange était plongée dans le noir, à l'exception d'une ampoule dans une cage suspendue au-dessus du box des ânes. Ils étaient debout, côte à côte, tête baissée face au mur.

Quelqu'un ronflait et je suis passée discrètement en me demandant s'il fallait que je sonne l'alarme. Mais j'avais le tournis et je n'avais pas les idées claires.

Quand j'ai poussé la porte de la grange du plat de la main, j'ai vu Low et David à côté du van. Les phares étaient encore allumés et des papillons de nuit voletaient dans la lumière.

— Dee n'est pas venue, a annoncé Low.

— Elle est restée avec eux, a ajouté David.

Leurs visages étaient dans l'ombre car la lumière des phares les éclairait à contre-jour. À la place de leurs yeux, je ne voyais que des creux.

— Elle a fait défection, a dit Low.

— Lâche, a pesté David.

— Traître, a surenchéri Low.

— Les malades vont mieux ? ai-je demandé.

— Ça va, a répondu Low.

— Toujours des enfoirés, quand même, a souligné David.

— Et Amy ?

— Elle était dans la cave.

— Quoi ? Pendant tout ce temps-là ?

— Ouais. Dans un coin sombre. Elle s'est nourrie de paquets de céréales.

Les phares se sont éteints et les portières à l'avant du van se sont ouvertes. Burl et Luca sont sortis. David a allumé une lampe torche. Sacs en toile et sacs de couchage ont été déchargés. J'étais soulagée sans trop savoir pourquoi – peut-être parce que c'était tout.

Juste eux quatre. Aucun parent ne les avait accompagnés. J'ai été à nouveau prise de vertiges en regardant ceux qui étaient revenus. Derrière eux, quand je plissais les yeux, j'avais l'impression de voir les parents absents, flous. La nuit se troublait. Ou peut-être juste leurs silhouettes, leurs effigies. Ou non, ce n'étaient pas eux, ai-je compris – n'est-ce pas ?

C'étaient eux et pas eux, peut-être ceux qu'ils n'avaient jamais été. Je voyais presque ces autres debout dans le jardin au milieu des petits pois, les pieds plantés entre les rangées. Ils étaient immobiles, le visage rayonnant d'un éclat disparu depuis longtemps. Qui remontait à une époque avant ma naissance. Leurs bras pendaient le long de leur corps.

Ils avaient toujours été là, ai-je pensé, vaseuse, et ils avaient toujours voulu être plus que ce qu'ils étaient. Il fallait toujours les considérer comme des invalides, ai-je vu. Chaque personne, parfaitement adulte, était malade ou triste, et avait des problèmes greffés à elle tels des membres cassés. Chacune avait des besoins spécifiques.

Si vous étiez capable de vous souvenir de cela, vous ressentiez moins de colère.

Ils avaient été entraînés par leurs espoirs, avaient tenu grâce à l'éventualité d'une aubaine. Mais en lieu et place de l'aubaine, il n'y avait que le temps qui passe. Et ils n'avaient jamais été qu'eux-mêmes.

Pourtant ils avaient voulu être différents. Désormais, je ferais mienne cette idée, ai-je décidé en regagnant tranquillement la grange. Ce que les gens voulaient être mais ne seraient jamais voyageait à leurs côtés. Une compagnie.

7

Personne n'allait en cours de poésie à part les petits garçons, et même eux n'y assistaient que pour ne pas froisser la susceptibilité de Darla. Elle essayait toujours de s'occuper d'eux.

Je suis restée avec eux le lendemain de la nuit où j'avais eu des hallucinations, pliant d'un air absent du linge à la table de pique-nique. Morose. Je me remettais de la veille.

David et Low jouaient avec une balle de tennis avec ceux qui n'avaient pas été du voyage. Ils parlaient de la grande maison et du mal dont souffraient les parents.

Darla faisait probablement un cours consacré à la poterie, car j'ai capté « pétrir l'argile » et « indigène ». Ainsi que « Mère Nature ».

Jack n'avait pas un intérêt prononcé pour la céramique. Il a ouvert discrètement sa bible et a tenté d'y jeter un œil sans qu'on le remarque.

Le monologue de Darla s'est interrompu.

— Est-ce là ton livre préféré, mon chéri ?

— C'est mon cinquième livre préféré. Si on compte les séries. Je préfère toujours mes vieux livres. Dans l'ordre, ça donne : *Ranelot et Bufolet*, *George et*

Martha, le *Guinness des records*, et puis *Blagues à mourir de rire*.

— Qu'est-ce qui te plaît dans ce livre ?

— Surtout le fait que ce soit une énigme.

— La Bible est une énigme ?

— On a résolu pas mal de choses. Le premier indice, c'était que Dieu est un code pour parler de la nature. Et ensuite, on a compris cette histoire de trinité. Avec Dieu et Jésus.

— Qu'est-ce que vous avez compris, mon cœur ?

Les yeux de Jack se sont posés sur les mains de Shel qui signait, puis sont revenus à leur point de départ.

— Donc, si Dieu représente la nature, alors Jésus représente la science. C'est pour cette raison qu'on dit que Jésus est le fils de Dieu. Ça ne signifie pas le vrai fils. Dieu n'a pas de sperme.

— Seigneur ! Tu es au courant pour les choux et les roses !

— Darla, suis-je intervenue. Il n'est pas en maternelle.

— Ça signifie simplement que la science vient de la nature. Vous voyez ?

Il a incliné son carnet pour que nous puissions lire.

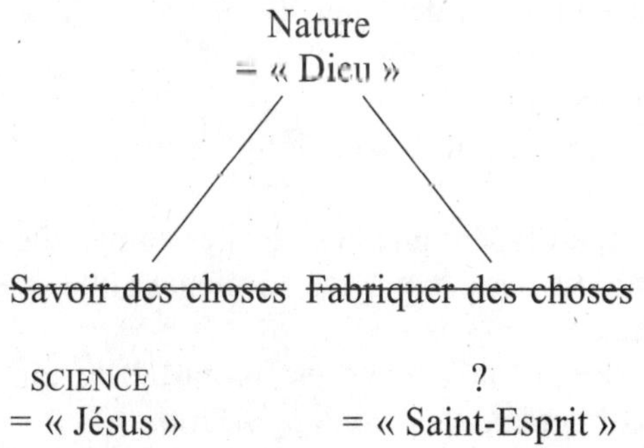

Une fenêtre s'est brisée. Je n'ai pas vu de laquelle il s'agissait, mais j'ai entendu un bruit de verre cassé. Juicy a accouru.

— Merde ! Je l'ai cassée ! a-t-il crié à l'angle de la maisonnette. La fenêtre de la salle de bains !

— Ça me paraît très inventif, mon chou, a dit Darla à Jack.

Juicy est revenu d'un pas nonchalant et s'est affalé sur le banc. Il a extrait des éclats de verre de la balle de tennis.

— Et la preuve, c'est qu'il y a pas mal de ressemblances entre Jésus et la science, a poursuivi Jack. Par exemple, pour que la science nous sauve, il faut qu'on y croie. Et pareil pour Jésus. Si vous croyez en Jésus, il peut vous sauver.

— Ça n'a, mais alors, ni queue ni tête, petit mec ! a dit Juicy.

— Mais si !

— Aïe ! s'est écrié Juicy.

Il y avait du sang sur son doigt.

— Tu vois ça, Juice ? La science vient de la nature. C'est une sorte de branche de la nature. Comme Jésus est une branche de Dieu. Et si nous croyons que la science est vraie, alors nous pouvons agir. Et nous serons sauvés.

Juicy a enfoncé son doigt sanguinolent dans sa bouche.

— Sauvés, comme dans « aller au paradis » ? Sherlock, c'est des conneries, du même style que le Père Noël.

— Justin, ta bouche est la partie de ton corps la moins hygiénique, a souligné Darla.

Elle trouvait que « Juicy » manquait de dignité et le désignait par son nom de naissance, même si cela faisait bondir l'intéressé.

— Non, comme la Terre. Le climat. Les animaux, a répondu Jack. Le paradis fait partie du code. Cela signifie juste un bon endroit où on pourra tous vivre.

— Ça pique vachement, a dit Juice.

— Je vais chercher l'eau oxygénée, a annoncé Darla avant de se lever.

— Écoute, a dit Jack d'un ton sérieux en tournant une page de son carnet. Là, ce sont les miracles de Jésus, OK ? Mais c'est aussi tout ce que la science fait. *Presque* tout. Regarde. La preuve.

Shel a signé.

— Il dit : pas de preuve mathématique. C'est pas un livre de maths. Juste des concepts.

Jésus = Science

	Jésus	Science
1. Soigne les malades	✓	✓
2. Rend la vue aux aveugles	✓	✓
3. Multiplie pratiquement tous les aliments	✓	✓
4. Marche sur l'eau (Aéroglisseur !!)	✓	✓
5. Ressuscite les morts	✓	×

4/5

— Aéroglisseur ? a répété Juicy en les dévisageant.

— Shel adore vraiment les aéroglisseurs. C'est un exemple, tu comprends ? De comment la science nous permet de marcher sur l'eau. Tu saisis ?

Jack a regardé Shel signer et a interprété rapidement. J'admirais son aisance.

— Autre exemple : la science peut geler l'eau. Et quand c'est de la glace, on peut marcher dessus. Comme l'a fait Jésus.

Darla est revenue avec une boîte de pansements.

— Et la science peut construire des ponts, et ils enjambent l'eau. Il y a des tas de choses.

— Ce livre a été écrit il y a genre deux mille ans, a fait remarquer Juicy. À l'époque, la science n'avait même pas été inventée.

— T'es vraiment un ignare, a dit Shel.

À voix haute.

— Sheldon ! s'est exclamée au bout d'un moment Darla, tout sourire. Tu sais parler !

Moi non plus je ne l'avais jamais entendu parler jusqu'à présent. Je savais qu'il en était capable – Jack et Jen me l'avaient tous les deux dit. Mais il ne prenait la parole que pour les occasions spéciales.

L'ignorance de Juicy en était une, j'imagine.

— Bien sûr qu'il sait parler ! s'est écrié Jack en haussant les épaules.

— Quelle merveilleuse expression de soi, mon chéri, a dit Darla à Shel. Les humanités sont terminées, les garçons.

Les tempêtes ont repris. Tout le long de la côte, elles ont déferlé.

Le terrain sur lequel la grange avait été bâtie était plus en hauteur que celui de la grande maison, et les arbres étaient presque tous disséminés dans le champ. Trop loin pour s'effondrer sur la grange ou le toit de la maisonnette. Quand elles arrivaient à l'intérieur des terres, les tempêtes avaient perdu en intensité.

Pourtant, il pleuvait en permanence. Nous dessinions des plateaux de jeu de fortune sur le sol en béton de la grange, mais quand nous n'étions pas d'accord sur les règles, les parties prenaient fin. L'énergie se dissipait.

Jen tenait la bride haute à Terry. Tantôt elle l'ignorait, tantôt elle lui roulait des pelles quand elle n'avait rien de mieux à faire. Moi, je ne roulais pas de pelles à Low. Il avait beau me frôler souvent par inadvertance, je n'arrivais pas à m'intéresser à lui. Ce n'étaient pas tant les tee-shirts bariolés ni les sandales (plus la vieille banane) que le fait qu'il ne remarque pas le regard que nous portions sur ses choix vestimentaires.

Un manque de lucidité sur lui-même, voilà quel était le problème de Low.

Nous nous asseyions en cercle pour écouter les histoires que nous racontaient les anges. Les erreurs qu'ils avaient commises, les pires situations auxquelles ils avaient été confrontés dans leur vie. Les plus étranges aussi. La fois où le travail de Luca, qui avait embarqué sur un chalutier en Alaska, consistait à trancher la tête de poissons plats grands comme des canapés. La fois où il avait vu un globe oculaire sortir de l'orbite d'une femme après un accident, et où il avait dû scotcher un gobelet en carton par-dessus. La fois où, sur un canot pneumatique en Norvège, il avait regardé la glace bleue d'immenses glaciers tomber dans la mer qui se réchauffait, et vu un homme installé derrière un piano sur un morceau de banquise.

Le glacier tombait comme de l'eau, nous a-t-il raconté, et l'homme interprétait une chanson qu'on joue aux enterrements.

Un jour, au travail, Mattie avait reçu par la poste la

moitié d'un doigt, adressée par un homme qui était allé en prison. Une autre fois, alors qu'il se promenait pieds nus sur le sable d'une île brésilienne la nuit, il avait marché sur le goulot ébréché d'une bouteille de bière. Le tesson avait complètement traversé son pied.

— Regardez ! Les blessures d'entrée et de sortie, nous a-t-il dit avant d'ôter une de ses sandales pour nous montrer les cicatrices.

Nous aimions bien les anges. Ils ne nous avaient pas mis au monde – ils n'avaient mis personne au monde –, et de ce fait nous ressentions un lien avec eux. De ce fait nous étions égaux.

J'avais pris l'habitude de faire le tour de la ferme toute seule quand il ne pleuvait pas trop. Je trouvais un endroit calme et j'y restais simplement debout à écouter la pluie tomber par terre et sur les feuilles. Je fermais les yeux, attentive aux autres sons.

Je m'entraînais à oublier ce qui était au-delà de moi, m'efforçant de ne remarquer que mon environnement immédiat. Je me suis entraînée à être mouillée, à avoir froid et faim et à ne pas m'en soucier.

Parfois, j'emmenais Jack, avec un guide de poche trouvé dans le placard. Nous le consultions à travers le plastique. Nous avons appris le nom des arbres et des arbustes et nous sommes renseignés sur leur histoire. Nous avons appris quels étaient ceux qui existaient déjà au temps des Indiens, et ceux qui avaient été importés de très loin. Les érables de Norvège, les mûriers d'Asie, les ormes de Sibérie.

Un arbre de Chine surnommé l'impératrice.

Nous avons fini par laisser tomber notre tour de garde habituel. Endigués comme nous l'étions par les nuages bas qui nous entouraient, nous n'avions aucune visibilité depuis le silo.

Et puis nous redoutions aussi la foudre. Alors nous avons arrêté d'aller là-haut.

La pluie nous a éloignés de notre tour de guet, et c'est donc aussi la pluie qui a charrié les hommes armés.

Nous étions attablés dans la cuisine de la maisonnette quand un homme que nous n'avions jamais vu est entré.

Il a sorti une arme de son manteau. Nous nous sommes vite levés.

Il sentait mauvais. Pas la sueur, autre chose – l'essence, peut-être. (L'huile de moteur et la viande crue, analyserait Rafe plus tard.) Ses cheveux gris étaient coupés en brosse et sa barbe était fournie, comme celle de tous les hommes depuis quelque temps. Il portait un jean crasseux et une veste de camouflage par-dessus un tee-shirt orange pétant de la couleur des plots de chantier. Une espèce d'énergie malsaine émanait de lui.

Il nous a montré son arme avec détachement. Elle paraissait lourde.

— Comment vous vous êtes retrouvés assis autour de cette table, les enfants ? Tout gras et tout heureux ?

Nous l'avons dévisagé. Nous n'étions pas gras.

Et nous ne nous sentions pas très heureux non plus.

— C'est quoi, votre secret ?

Il ne nous a pas posé cette question gentiment.

Pointant son arme vers la porte, il nous a fait sortir en file indienne. Puis il a parlé dans un talkie-walkie et a escorté Luca jusqu'au portail verrouillé pour qu'il l'ouvre.

Des camions et des Jeep attendaient de l'autre côté de la grille.

Je me suis précipitée dans la grange pour trouver les petits garçons.

— Jack, ai-je murmuré. Il y a des types armés. Avec Shel, prenez de quoi camper et filez. Dans les bois. Restez cachés jusqu'à ce que je vienne vous chercher.

— Je ne veux pas te laisser, Evie !

— J'ai besoin que tu le fasses, tu comprends ? Je suis sérieuse. Allez ! Allez ! Maintenant !

J'ai attendu que les garçons soient partis en se laissant tomber par la trappe à foin à l'arrière de la grange pour ressortir. Le cortège d'automobiles entrait par le portail. À l'arrière des camionnettes, il y avait encore d'autres hommes. On aurait dit des soldats, l'allure soignée et les uniformes en moins.

— Des soldats *redneck*, a commenté Rafe.

Certains étaient debout sur le marchepied des Jeep, devant les portières, et se tenaient aux barres de toit. Leurs armes étaient grosses et longues. Les hommes se sont garés n'importe comment et l'un des véhicules a roulé sur la clôture du potager. Il a arraché le grillage et écrasé nos meilleurs plants de tomate.

Quand j'ai vu ça, mes joues se sont échauffées.

Luca leur a dit que nous pouvions leur proposer des sandwichs, mais qu'ensuite il fallait qu'ils partent. Il y avait un bébé ici. Un nourrisson. Et des jeunes.

— Qui se remettaient d'un traumatisme, a-t-il ajouté.

Un soldat lui a donné un bon coup de poing dans l'épaule, et les autres sont allés fouiller les lieux.

Nous avons attendu devant la maisonnette. L'un des types, un rouquin accablé d'une acné sévère, avait à peu près le même âge que nous. Muni de son arme, il était posté à l'entrée de la maisonnette, d'où nous parvenaient des claquements de portes de placards et un tintamarre de casseroles.

Les hommes sont ressortis en se gavant de nourriture, et quand j'ai jeté un œil dans la cuisine déserte, j'ai vu que le contenu des tiroirs et des armoires avait été jeté par terre. Comme après un cambriolage.

Ils n'ont pas tardé à trouver le silo. Ils nous ont encerclés et nous ont rassemblés dans la grange, où leur chef a fait une courte déclaration.

— Vous allez nous faire entrer.

Ce qui était sous clé avait de la valeur, et ce qui avait de la valeur, c'était la nourriture. Donc. Toutes les cinq minutes, tant qu'on ne les aurait pas fait entrer dans le silo, il y aurait une sanction.

Nous nous sommes regardés, conscients que Burl était la clé. Je ne le voyais pas.

— Toi, a lancé le chef à Mattie, qui avait passé un bras protecteur autour de Sukey.

Le bébé pleurait et Sukey le berçait doucement pour qu'il ne se mette pas à brailler.

— Oui ?

— Bouge. Va là-bas. Pose ta main là-dessus.

Il voulait parler de l'établi, le long du mur sur lequel Mattie projetait ses images. La porte de la grange était ouverte et j'ai aperçu à la lumière de l'extérieur un long fil de toile d'araignée qui, accroché à une écharde, partait du côté de l'établi.

Je me souviens de cette toile d'araignée.

Alors Mattie s'est posté devant l'établi. A posé la main dessus. L'un des soldats a pris une corde et a attaché sa main à l'étau au bout de la table. Le chef tenait un outil électrique jaune et noir. Je l'ai regardé fixement.

— Pistolet agrafeur, a murmuré Rafe.

Le chef s'est tourné et l'a allumé. La machine a émis un bruit grinçant, et j'ai vu Mattie tressaillir.

— Dans cinq minutes, j'enfonce une agrafe dans cette main.

Le visage tendu, les anges échangeaient des regards. Où était Burl ? Pas ici. J'ai balayé la pièce des yeux. Je ne voulais pas le balancer, et je ne voulais surtout pas que les soldats s'emparent de notre nourriture.

Mais il y avait le pistolet agrafeur.

— C'est une serrure biométrique, a lancé quelqu'un.

Darla. Je n'étais pas surprise qu'elle soit la première à flancher.

— Comment ça ?

— Pour l'ouvrir, il faut une empreinte.

— À qui ? a demandé le chef.

— Il n'est pas ici, a répondu Luca.

— Dommage !

En un clin d'œil, le chef s'est retourné, et Mattie a poussé un cri.

Du sang a coulé d'une agrafe qui transperçait le centre de sa paume.

Il a arrêté de crier et a serré les lèvres, comme pour essayer de ne pas pleurer. Il a chassé l'air de sa bouche par petites expirations rapides.

— OK. OK. OK, a-t-il répété.

— Je vais le chercher ! a déclaré Luca.

— Je vais l'aider ! ai-je lancé car il fallait que je sorte de là.

À l'extérieur de la grange, on avait moins de mal à respirer.

Nous avons couru plutôt que marché tout en appelant

Burl. Quand nous l'avons trouvé derrière la maisonnette, occupé à bidouiller le générateur en écoutant de la musique avec les écouteurs de quelqu'un d'autre, il ne se doutait absolument pas de ce qui se passait.

Nous lui avons fait un topo avant de regagner la grange.

— Burl ! Ne les laisse pas prendre la nourriture ! s'est écrié Mattie.

Le chef lui a planté une autre agrafe dans la main.

Ils ont poussé Burl hors de la grange et laissé Mattie agrafé sous la surveillance du rouquin. Rafe et moi étions tout au fond. Il a empoigné ma manche, un doigt posé sur ses lèvres. Nous n'avons pas bougé tant que les hommes n'étaient pas tous sortis.

Les cheveux roux du gamin partaient n'importe comment derrière sa tête, en mulet. Il avait une dent de devant ébréchée – typique. Ses chaussures de sécurité beige, dont la languette sortait et les lacets étaient dénoués, n'étaient pas resserrées aux chevilles, et des traces noires de doigts maculaient son débardeur blanc au niveau du ventre.

Il a choisi ce moment pour ouvrir son long flingue. Il s'est assis sur une balle de foin, a posé l'arme en équilibre sur son genou squelettique et a enfoncé une cartouche à l'intérieur.

— Attrape son arme ! a murmuré Jen en donnant un coup de coude à Rafe. Il ne peut pas tirer tant qu'il recharge !

— Mais si jamais il la referme à temps ?

— Là ! Maintenant ! s'est écriée Jen, et nous lui avons toutes les deux mis un coup de coude.

Maladroitement, il a marché jusqu'au gamin et a

empoigné son arme ouverte. Ils se sont un peu battus – depuis l'établi, Mattie les observait, du sang amoncelé autour de sa main ligotée –, jusqu'à ce que Rafe donne un coup de genou dans les burnes du rouquin. Qui a poussé un grognement et laissé tomber son arme au sol.

Une cartouche a roulé par terre.

— J'ai ! s'est exclamée Jen en bondissant sur l'arme avant que le gamin ait pu se relever.

— Cache-la, lui a dit Rafe. Cache-la quelque part, c'est tout.

J'ai rejoint Mattie, scruté les agrafes. Elles étaient profondément enfoncées dans la chair. Je les discernais à peine parmi la peau et le sang.

— On va avoir besoin de Luca, a-t-il dit.

Son front était en sueur et il parlait avec difficulté.

— Tu vas chercher Luca ? Il pourra peut-être les retirer.

Bruits de verre cassé au loin, assourdis. Nous nous sommes précipités dehors pour voir. Il y avait un attroupement au pied du silo, et comme j'étais derrière la foule, je ne voyais pas grand-chose. Puis un flot de soldats est sorti du bâtiment en poussant des cris et en brandissant des armes.

— Matez-moi ça ! HK MP5 !

— J'ai un Ruger !

— Moi un revolver six coups vintage !

— C'est de la merde, le vintage.

Le chef est sorti après eux, talonné par Burl dont les poignets étaient ligotés. J'avais déjà vu des policiers utiliser ce genre de liens en plastique dans des séries télé.

— Allez, a lancé Burl. Coupez-moi ces menottes flexibles. Je vais faire quoi ? Votre puissance de feu est légèrement supérieure à la mienne, vous ne trouvez pas ?

— Tu veux me faire croire qu'il ne te reste plus que du beurre de cacahuète et des pêches ? Tu penses que je vais gober ça ?

— Et tout ce riz ! s'est exclamé Burl. Ils vont nous manquer, ces sacs de riz. Laisse-nous-en juste un, tu veux bien ? Un sac.

Les anges étaient groupés. Jen a tiré sur la manche de Luca et lui a demandé d'aider Mattie. Les soldats se sont assis par terre et sur le capot de leurs voitures pour recharger leurs armes, ouvrant sauvagement des boîtes de munitions qu'ils avaient volées.

— Un sac ! a scandé Darla. Un sac ! Un sac !

Ses nombreux bracelets ont cliqueté tandis qu'elle frappait dans ses mains. Ça m'a agacée.

— Chhhut ! l'a exhortée David.

— C'est quoi, ça ? a soudain demandé le chef en pointant le doigt.

Nous avons suivi son regard. En lisière du pré qui se trouvait à côté des bois, on apercevait trois chèvres.

— C'est pas bon, le mouton, a sorti un homme muni d'une arbalète.

— Mais l'agneau, si ! a dit le chef.

— C'est pas de l'agneau. Ça, là, c'est un mouton adulte.

— En fait, ce sont des chèvres, a corrigé Terry.

— La chèvre, pour le coup, c'est dégueu, a estimé le chef.

— Mais c'est de la bonne protéine, a dit l'arbalète.

On a entendu un coup de feu. J'ai failli crier. Une chèvre a vacillé avant de tomber. Les deux autres ont décampé.

J'ai tourné sur moi-même, le souffle coupé, jusqu'à

ce que je comprenne d'où était venu le coup de feu : le rouquin, qui avait tiré depuis la porte du grenier à foin. Il avait une petite arme, cette fois-ci. Il a levé les bras en l'air et crié : « Ouh-hou ! »

Jack était là-bas. Jack était derrière les chèvres.

— Jack pourrait être blessé, ai-je sifflé entre mes dents, tout bas, à Burl. Jack est là-bas !

— Empêche-le de tirer, a demandé Burl au chef. Allez, mec !

Le gamin a de nouveau brandi son arme. Mon corps s'est crispé. Je me suis retournée vers la chèvre qui était tombée, un tas blanc par terre, et ma pire crainte s'est matérialisée.

Jack est sorti en courant de sous les arbres et s'est effondré à genoux à côté de l'animal.

— Oh non oh non oh non, ai-je lâché, je crois.

Avec désespoir, mes yeux se sont posés tour à tour sur lui et sur le rouquin armé, qui ne se rendait compte de rien. Il fêtait juste son tir. Il agitait son arme en l'air en dansant devant la porte du grenier à foin.

— Est-ce qu'il est… ? a demandé David.

— Il m'a l'air complètement débile, a répondu Juicy en hochant la tête.

Heureusement, le chef – que les autres hommes appelaient « gouverneur » – se dirigeait vers son véhicule crotté, et en passant devant le gamin qui brandissait encore son arme, il lui a gueulé quelque chose. Le rouquin a paru dépité mais a laissé son bras retomber.

J'ai traversé le champ comme une flèche pour rejoindre Jack.

Il était à genoux et pleurait sur la chèvre, qui respirait faiblement. Du sang s'écoulait d'un trou dans sa cage thoracique.

— Dilly, Dilly, sanglotait Jack.

Sur leurs colliers, les chèvres avaient des étiquettes avec leurs noms.

— C'est la seule chèvre LaMancha ici. Elle est tellement gentille. C'est la plus gentille chèvre du monde.

Je voulais rester avec lui, mais je savais que c'était impossible.

Et donc, quand la chèvre a arrêté de respirer, j'ai raccompagné Jack dans les bois, où Shel était accroupi derrière un gros fourré.

Je n'avais jamais haussé le ton avec Jack, mais cette fois-ci, j'ai bien failli le faire.

À mon retour dans la grange, Mattie avait été libéré. Pâle, il était allongé sur le dos sur des balles de foin. Luca bandait sa main.

— C'est sympa chez vous, a dit le gouverneur à Burl.

Après quoi, ses hommes ont pris le contrôle de la maisonnette.

Il a posté des gardes devant la porte de la cuisine, ses deux plus gros soldats. Ils portaient des chemises de bûcheron et avaient leurs fusils en bandoulière.

— Pourquoi ils ne partent pas ? ai-je demandé à Burl.

— Ils ne croient pas que ce soit toute la nourriture dont nous disposions. Ils pensent qu'ils vont nous priver du reste. Et manger la chèvre.

— On aurait dû prendre les armes avant, ai-je lâché. Comme ça, ils ne les auraient pas toutes.

Je savais que j'avais tort avant même que les mots soient sortis de ma bouche.

— Eve. Je t'en prie, a répondu Burl d'un ton encore plus las que d'habitude.

Je le décevais, je le voyais bien. Ce sentiment ne me plaisait pas.

— Si nous avions sorti les armes, nous serions morts.

Ils n'avaient pas remarqué les légumes dans le jardin, alors j'ai demandé à Jen de venir et nous les avons déterrés ensemble. Nous avons transporté des carottes et du chou kale dans nos tee-shirts en plusieurs fois, et caché notre butin au creux d'une souche en décomposition.

Ensuite, nous avons vu qu'on emmenait Mattie à l'extérieur de la grange. Il était toujours otage, j'imagine. Ou bouc émissaire. Les deux gros gardes l'ont ligoté à un arbre, un arbre frêle qui poussait à côté de la maisonnette. Mattie a contemplé les branches tandis qu'ils resserraient ses liens.

Les soldats ont traîné le corps de Dilly au milieu du jardin. Penchés vers l'avant, la raie du cul complètement exposée, ils l'ont débitée. Un gros garde a extrait quelque chose qui ressemblait à de longues saucisses grises. Des intestins peut-être.

Jen a vomi.

— Ha ha ha ha, s'est esclaffé le rouquin.

J'ai eu envie de le poignarder.

Dans l'obscurité de la grange à foin, nous étions allongés en rang d'oignons dans nos sacs de couchage, et certains d'entre nous essayaient de fomenter une rébellion. Mais les chuchotements se sont rapidement arrêtés. Tant que les soldats avaient leurs armes et que celles-ci étaient chargées, la rébellion manquait d'élan.

Je me suis glissée hors de mon sac de couchage et j'ai descendu l'échelle. Impossible de trouver mes chaussures, mais je n'avais pas prévu d'aller bien loin. Alors je suis sortie de la grange pieds nus et j'ai marché sur la pelouse pour rejoindre les tentes où Burl et les anges dormaient.

Juste au moment où je levais la main pour frapper sur le rabat de sa porte, j'ai entendu Burl parler tout bas.

— Ils vont tuer les autres chèvres demain.

— Et ensuite ? a demandé quelqu'un, probablement Luca.

— Toi ! a dit une voix derrière moi.

Un truc métallique s'est planté dans mon dos et j'ai essayé de me retourner, mais l'objet me donnait des petits coups.

Je savais qui c'était : le rouquin.

— Allez. Sinon je tire dans ton pied.

Complètement débile, avait estimé Juicy. J'ignorais si c'était vrai, mais j'avais peur de lui : ce type semblait incapable de prédire ses propres actions.

Alors je me suis éloignée de la tente en traînant les pieds. Je me suis demandé s'il fallait que je hurle. Le flingue du rouquin râpait ma colonne vertébrale.

— J't'ai vue aller dans les arbres. Tu caches quelque chose.

— Je suis allée là-bas pour pisser, c'est tout.

C'était vrai, je faisais pipi dans la forêt. Comme tout le monde. Nous avions une règle : les toilettes de la maisonnette étaient réservées à la grosse commission.

— Tu caches de la nourriture. T'as une planque. Et tu vas me la montrer maintenant.

— Maintenant ? Dans le noir ? Y a rien là-bas.

Je ne voulais pas qu'il trouve Jack.

— Y a quelqu'un ? a demandé la voix de Burl.

— Tu l'ouvres pas, a ordonné le rouquin. Allez. Bouge !

— Je peux aller chercher mes chaussures ?

— Bouge !

Pieds nus, je me suis frayé un chemin à travers le champ. Le gamin n'arrêtait pas de m'enfoncer son arme dans le dos. Ma vision s'est ajustée quand les arbres se sont dressés devant nous, une masse sombre qui emplissait le ciel.

Je ne savais pas où l'emmener. Jack et Shel étaient là, quelque part, et voilà que j'étais dans le noir avec un crétin à la détente facile qui croyait que je pouvais le conduire au pied de l'arc-en-ciel.

Il n'empêche que c'était bien pire pour Mattie. Et que lui ne se plaignait pas.

— Il n'y a rien ici à part des arbres et des buissons, ai-je dit en marchant prudemment. Y a rien à voir.

Il a allumé une lampe torche. Une lumière blanche éblouissante d'un côté puis de l'autre, et ensuite devant nous lorsqu'il a enlevé l'arme de mon dos. Il est passé devant moi sur le sentier entre les troncs d'arbres.

— Cours, et je te bute.

— Tu me l'as déjà dit.

L'un de mes pieds nus a marché sur une branche pointue et j'ai poussé un cri. Le gamin a eu la trouille et s'est tourné d'un coup vers moi. J'ai levé les mains en l'air, comme si ça pouvait jouer en ma faveur.

— Ça fait mal ! me suis-je écriée.

Mon pied palpitait et je boitais.

La lumière de sa lampe m'hypnotisait tandis que nous serpentions entre les arbres. Je regardais les feuilles et les branches qu'elle éclairait devant nous, tout en réfléchissant à une stratégie pour éviter les petits garçons. Où allions-nous, d'ailleurs ? Mais rien ne m'est venu.

Ma tête était vide. Peut-être allions-nous marcher pour toujours. Peut-être allions-nous tout bonnement ressortir des bois et nous enfoncer dans un néant qui se trouvait au-delà.

Peut-être que cela m'était désormais égal.

Les brindilles sur le sol devant lui dessinaient un motif, me suis-je aperçu alors qu'il sifflait un air agaçant. Ce motif me rappelait des tartes que nous avions l'habitude de manger pour Thanksgiving, avec un treillage de pâte sur le dessus. C'étaient des tartes à quoi, déjà ? Aux pommes ? Aux myrtilles ?

J'adorerais manger une tarte, là, tout de suite, ai-je pensé.

Il a trébuché et sa lumière a vacillé. Il tombait.

Des feuilles et des branches ont craqué et crépité, et j'ai entendu des cris. La lumière blanche venait désormais d'en bas.

Il avait marché sur un filet et s'était retrouvé dans un trou plus haut que lui.

Depuis le fond du trou, il hurlait, criait. J'ai regardé à l'intérieur

— Ma jambe ! Je me suis cassé la jambe ! À l'aide !

Mais il avait toujours son arme, alors je suis partie.

C'était probablement une chausse-trappe, m'a expliqué Burl à mon retour. Les bois ne se trouvaient pas sur le domaine de la propriétaire. Certaines personnes venaient y chasser et poser des pièges.

N'importe lequel d'entre nous aurait pu se casser une jambe, avais-je envie de chouiner. Ou le cou. Mais heureusement qu'il y avait eu ce trou. Après quoi, je suis allée me coucher.

Nous étions groggy lorsque les soldats ont fait irruption dans la grange. Il m'a fallu une minute pour comprendre qu'ils étaient en colère. Nous nous sommes tous assis en nous frottant les yeux et en clignant des paupières pendant qu'ils donnaient des coups de crosse dans des poteaux et des ampoules qui pendaient.

C'était le matin.

— Les chèvres ! Où sont les chèvres, bordel ? a crié l'un d'eux.

Les chèvres s'étaient faites rares, visiblement.

— Très bien, putain ! s'est écrié le gouverneur. Gamins de merde. Vous allez me le payer.

Ils ont tourné les talons et sont ressortis à pas lourds. Nous les avons suivis dans un état de confusion. Nous avons enfilé nos chaussures, avons quitté nos balles de foin et sommes descendus.

Sous l'arbre, Mattie était de nouveau debout, les bras ligotés aux branches au-dessus de lui. Des hommes braquaient leurs armes dans sa direction.

— À votre avis, pourquoi elles se sont enfuies ? a crié Burl. Les coups de feu ! C'est à cause de vous !

— Venez ici, ont ordonné les gros gardes aux anges.

Ils les ont poussés avec leurs fusils jusqu'à ce qu'ils soient tous les trois à l'intérieur du cercle en fil barbelé qui entourait Mattie et son arbre.

Burl était le seul à être resté à l'extérieur de ce cercle – Burl et nous.

Et les soldats.

— Allez chercher les chèvres, nous a sommé le gouverneur. Toutes les cinq minutes, tant que je ne vois pas les chèvres, voilà ce que je vais faire.

Il a pointé une espèce de grosse et longue fourchette rouge de l'autre côté du fil barbelé.

L'objet a touché le flanc de Darla, qui a sursauté et crié.

— Aiguillon pour le bétail, a marmonné Terry.

Le gouverneur a continué encore et encore, jusqu'à ce qu'elle tombe par terre en se contorsionnant et s'écorche contre les barbelés. Du sang a dégouliné de son front.

— Les blessures à la tête, ça saigne beaucoup, nous a expliqué Burl. Ne vous inquiétez pas pour elle. Faites ce qu'il dit, je suppose.

Jack et Shel avaient emmené les chèvres sur l'autre rive en empruntant la partie la moins profonde du cours d'eau. Les avaient guidées par-delà le piège qui avait cédé et où dormait le rouquin, blotti contre son fusil de chasse. Par-delà les arbres, le long d'une route gravillonnée qui passait devant un garage délabré et les dents rouillées d'une charrue. Devant une affiche publicitaire écaillée pour la télé satellite. Dans un pré clôturé à côté de la maison d'un voisin – l'une des maisons que l'on apercevait depuis le silo.

Des vaches noir et blanc étaient disséminées dans l'enclos, à l'autre bout duquel les chèvres broutaient.

— Si on les ramène, ils vont les tuer, a dit Jack. Comme l'autre a tué Dilly. Comme Dilly.

— Mais sinon, ils vont faire du mal aux anges, a expliqué Rafe.

— Ou à nous, ai-je ajouté.

— C'est pas juste. Pourquoi il faudrait qu'elles meurent ? a demandé Jack en commençant à pleurer.

— Jack, regarde-moi. Il faut qu'on les ramène. C'est grave.

— C'est pas de leur faute, a pleuré Jack. On n'est pas

censés sacrifier des animaux. On est censés les sauver. Je préfère me sacrifier moi.

— Mais les soldats ne veulent pas de toi, ai-je dit. Ils ne mangent pas de petits garçons, vois-tu.

— Ils ne nous mangent pas, a marmonné Jack.

Jack et Shel ont fini par se rendre à l'autre bout du pré. Nous avons attendu près de la ferme. La galerie à l'avant de la maison était jonchée de skateboards, d'un amas de trottinettes et de bottes toutes crottées. J'ai frappé à la porte, mais il n'y avait personne.

À travers les fenêtres, on voyait le salon dans lequel filtrait la lumière du jour. La pièce regorgeait de jouets, disposés en rangées sur le tapis comme dans une classe de maternelle. Devant, sur un fauteuil, j'ai aperçu un gigantesque lion en peluche, le genre qu'on gagne dans une fête foraine. Un livre d'images était posé sur ses genoux.

Je m'attendais à ce que le lion tourne la page.

J'ai ensuite entendu un « bêê », et vu les chèvres se diriger vers nous, avec en tête de cortège Jack et Shel qui avançaient à contrecœur.

Nous avons rebroussé chemin en empruntant la route.

Jack et Shel reniflaient tristement, caressant de temps à autre les chèvres sur le dos ou la tête. Quant à nous, nous étions préoccupés et angoissés. Je pensais au fil barbelé et à la main de Mattie qui avait pris une couleur sombre et était marbrée de veines noires.

Mais la sentence de mort des chèvres me pesait également. Alors que nous les menions parmi les arbres, j'ai jeté un regard en coin à leur tête, à leurs yeux paisibles aux longs cils blancs. À leur truffe humide et à leurs petites cornes peu pointues, à leur échine légèrement bossue.

Quand Jack posait la main sur leur fourrure, elles

n'étaient pas différentes de nos chiens, là-bas, dans la grande maison.

Contentes. Agitant leur petite queue.

Les soldats avaient tourmenté les anges avec l'aiguillon à bétail et les avaient regardés se débattre. En luttant pour se protéger, les anges s'étaient tailladé les jambes et les bras contre les barbelés.

Quand nous sommes revenus après avoir laissé les chèvres dans le champ et Jack et Shel dans les bois, ils avaient arrêté. Sukey était sortie avec le bébé, nous a raconté Burl. Elle était restée là à bercer la petite en regardant fixement les soldats. Jusqu'à ce qu'ils finissent par abandonner. Le bébé avait cassé l'ambiance, j'imagine.

Deux des hommes pissaient contre le mur de la maisonnette pendant qu'un autre jouait sur son téléphone. Lorsqu'ils ont aperçu les chèvres, ils ont vérifié que leurs armes étaient chargées et sont partis.

Les anges étaient ratatinés par terre à l'intérieur du cercle en fil barbelé, les bras et les chevilles ensanglantés. Au-dessus d'eux, Mattie était affaissé contre le mince tronc du cornouiller. Ses genoux étaient pliés et il pendait au bout de ses poignets ligotés. Il semblait endormi.

Nous avons baissé les fils barbelés pour que Low et Rafe puissent passer par-dessus. Ils ont commencé par soulever Luca. Ses pieds traînaient par terre tandis qu'ils le transportaient entre eux deux sur l'herbe gluante. Dans la grange, nous l'avons étendu sur des bottes de foin avant d'aller chercher John et Darla.

J'ai demandé si nous pouvions détacher Mattie et l'emmener aussi, mais Burl a secoué la tête.

Il ne fallait pas aller trop loin. Ça risquait de faire pencher la balance du mauvais côté, d'après lui.

Derrière nous, là-haut, à la porte du grenier à foin, le gouverneur se dressait, maître de tout ce qu'il dominait du regard. Une main sous sa chemise, il balayait les environs des yeux, tel un tableau de Napoléon.

C'était Darla qui avait les pires blessures. À cause des taches de sang sur sa tunique hippie, ses manches jaunes étaient devenues rouges. D'une voix qui était à peine audible, Luca a dit, depuis son lit de foin, que deux de ses coupures nécessitaient des points de suture : l'une de ses plaies était béante et saignait encore. Juicy a proposé de recoudre – dernièrement, il versait dans le *gore* –, mais Burl a répondu que non merci, il s'en chargerait.

Et donc Luca l'a guidé pendant qu'il recousait les entailles de Darla. Nous sommes restés assis à côté d'eux. Au début, elle a perdu connaissance, et puis elle s'est réveillée et a gémi. Luca s'est hissé en tremblant jusqu'à nous et lui a administré une piqûre d'analgésique trouvée dans la trousse de secours. Burl a nettoyé avec un coton imbibé d'iode la plus grosse plaie.

Darla s'est mise à glousser et a commencé à dire n'importe quoi d'une voix pâteuse.

— Rasoir ! Rasoir, arrosoir, rasoir, arrosoir bonsoir ! Soirée !

Mais elle a laissé Burl enfoncer une nouvelle fois l'aiguille dans sa chair.

Alors que nous regardions l'aiguille entrer et sortir des lambeaux de chair – Low avec fascination, Jen en vomissant dans un coin –, nous avons entendu les coups de feu.

J'ai enfoncé mes doigts dans mes oreilles. Je savais que ça faisait puéril, mais j'ai pensé aux queues qui remuaient, aux yeux paisibles, et je n'ai pas pu m'en empêcher.

— Pourquoi ils les tuent toutes d'un coup ? a demandé Juicy. La viande ne risque pas de pourrir s'ils ne la mangent pas tout de suite ?

— Ils ont un gros congélateur, a expliqué Burl. Une chambre froide. T'as pas entendu ? Ils vivent dans un McDonald.

Les soldats crânaient en parlant de comptoirs en inox, de robinets dans des éviers où coulait encore une eau si chaude qu'elle pouvait vous ébouillanter. De lourds sachets de frites surgelées dans les chambres froides. Ils débiteraient les carcasses là-bas, dans le confort de leur cuisine industrielle.

Ils ont transporté les chèvres par les pattes et les ont balancées dans la benne de deux pick-up. Sabots et cornes ont cliqueté contre le métal.

Jack était tout au fond de la forêt et détournait le visage. Forcément, hein ? ai-je demandé à Jen. Il n'assistait pas à ce spectacle.

Shel non plus, a-t-elle répondu. Nous nous sommes regardées avec intensité. Comme si en nous regardant de la sorte nous avions le pouvoir de rendre nos paroles réelles.

Mais le gouverneur n'était toujours pas convaincu que nous lui avions cédé toute la nourriture. Après le départ des tueurs de chèvres, il a gardé six hommes avec lui, dont les deux gros gardes et le type à l'arbalète. Et il a laissé Mattie attaché à l'arbre. Il est parti avec ses soldats dans le silo, puis ils ont transporté des tas de provisions dans leurs Jeep.

Nous sommes restés dans la grange. Les trois anges couverts de bandages étaient allongés et nous étions assis sur des bottes de foin.

— Vous ne me prenez pas au sérieux, a dit le gouverneur à Burl dans l'encadrement de la porte une fois la cargaison achevée. Vous croyez que je blague.

— Non, c'est faux, a répondu Burl.

— Nous savons que vous ne blaguez pas, a ajouté Darla.

Elle planait toujours à cause de l'analgésique que Luca lui avait injecté. Allongée sur le dos, elle entortillait ses dreadlocks grasses autour de l'un de ses doigts, les bras enveloppés de bandages blancs. Elle agitait ses bracelets qui cliquetaient à ses chevilles. Je les connaissais bien maintenant : des breloques poissons et symboles de la paix, des croissants de lune et des étoiles, des spirales, le yin et le yang.

— Mais vous avez une aura très sombre, a-t-elle ajouté.

— La ferme, Darla, lui a demandé Rafe.

— Je vais buter ce mec, a dit le gouverneur. Le prof.

— Il est biologiste, a corrigé Sukey.

Le bébé, emmailloté dans sa couverture, était allongé sur ses genoux. On aurait dit un cocon géant.

— Je m'en fous de savoir si c'est Tarzan le roi des singes. Si d'ici le coucher du soleil je ne sais toujours pas où se trouve le reste de la bouffe, je lui flanque une balle dans les tripes. C'est lent et douloureux. Le coucher du soleil. Vous pourrez pas dire que je vous aurai pas prévenus.

— Vous avez d'énormes sachets de frites surgelées, a observé Juicy. C'est ce que racontent vos hommes.

— Sans compter qu'on ne peut pas vous donner ce qu'on n'a pas, a ajouté Burl.

Ils étaient couillus de lui parler de cette façon.

— Putain, ce que j'ai, ça vous regarde pas. Coucher du soleil ! a répété le gouverneur.

En partant, il a donné un coup de pied dans la patte d'un âne.

L'animal a été intimidé, puis a remué la queue.

Juice a amassé de la salive dans sa bouche, mais s'est détourné de nous pour l'évacuer. Il avait mûri.

— Cent pour cent connard, a-t-il pesté.

La pluie avait cessé après l'arrivée des soldats, mais voilà qu'elle tombait de nouveau. Nous sommes allés jusqu'à l'arbre de Mattie et avons tendu la toile de sa tente au-dessus de lui pour essayer de le maintenir au sec, mais il était déjà trempé. Malgré tout, il nous a adressé un petit sourire lorsque Val et moi avons mis un sac de couchage sec autour de ses épaules mouillées.

— Quand ils vont retrouver le gosse qui est tombé dans le puits, il va me balancer, ai-je dit à Burl alors que nous retournions dans la grange. Tu crois qu'on me punira ?

Il a sorti un morceau de coton propre et s'est mis à retirer les bandages qui enveloppaient l'un des bras de Darla. Rafe et Jen se sont assis près de sa tête et ont posé les mains sur ses épaules pour l'empêcher de bouger.

— Je ne crois pas que ce gosse compte à leurs yeux, a dit Burl en enlevant du coton mouillé.

— Ce gamin est crétin, a dit Terry.

— Je pense qu'il leur a juste collé aux basques, a dit Burl.

— Oh oh oh oh, a dit Darla.

— Le médicament n'agit plus, a dit Rafe.

— Ça fait mal, a dit Darla.

Et voilà que Luca se levait de ses meules de foin. Il chancelait.

— Je m'en occupe, a-t-il décrété en prenant le coton des mains de Burl.

Aux quatre coins de la grange, des grillons ont alors entamé des stridulations.

Ce n'était pas normal, les grillons.

— Les téléphones ! s'est écrié Juicy. C'est les téléphones.

Effectivement. Certains avaient encore de la batterie, et par défaut la sonnerie était le grillon. Ils sonnaient tous en même temps.

8

Mon téléphone n'était pas dans le lot parce que je l'avais abandonné depuis un bon moment déjà dans un tiroir de la cuisine. Alors je n'étais pas dans le lot de ceux qui ont décroché. Je n'étais pas dans le lot de ceux qui les ont amenés ici.

Je ne dis pas ça pour prétendre que je suis innocente. Je le dis juste parce que c'est vrai.

Il y a une expression qui dit : N'amenez pas de couteau à une fusillade.

Mais un couteau, c'est mieux que rien.

De treize heures au coucher du soleil, nous sommes restés sous la pluie au sommet du silo, tremblants, à regarder Mattie pendre mollement au bout de ses poignets chaque fois qu'il s'évanouissait. Je l'apercevais à travers les branches nues au-dessus de sa tête, qui avaient presque toutes été dépouillées de leurs feuilles.

Les soldats aimaient lacérer l'arbre avec leurs fusils, juste au-dessus de la tête de Mattie.

Il se réveillait en sursaut quand le poids sur ses poignets était trop douloureux, puis retombait quand il perdait de nouveau connaissance. Je n'arrêtais pas de penser au moment où nous allions enfin le libérer. À la façon qu'auraient ses bras de tomber le long de ses flancs – le meilleur soulagement qui soit. Puis nous le transporterions jusqu'à un lieu où il serait en sécurité. Nous le laverions, prendrions soin de ses mains et lui donnerions des vêtements propres.

Nous le laisserions se reposer dans un endroit douillet.

J'ai jeté un coup d'œil à Burl, qui se tenait en dessous de moi sur le palier des escaliers en colimaçon. J'ai regardé ses épaules étroites et son visage ridé. Je me suis dit qu'il avait l'air vraiment épuisé.

Il nous avait fait entrer par la porte biométrique et nous étions tous montés au sommet du silo. Le gouverneur et ses soldats n'avaient pas essayé de nous arrêter – ils avaient déjà pris tout ce que le silo avait à offrir. Lorsque nous avions foncé à travers la pluie, nous avions entendu leurs rires et leur musique en provenance de la maisonnette. Les fenêtres étaient toutes éclairées et projetaient une lumière jaune sur l'arbre de Mattie.

Nous avons tous attendu, crispés, dans le nid-de-pie. Tous à l'exception de Sukey, restée en bas avec le bébé, et des anges, allongés dans la grange à panser leurs plaies. Nous étions tellement nombreux sur cette plateforme que j'avais peur que l'un de nous ne tombe.

Puis des voitures familières sont arrivées devant la grille. Leurs pneus ont crissé sur le gravier. Trois voitures, que nous connaissions toutes les trois. L'une d'elles appartenait à mes parents.

Il y avait toujours des détritus sur le plancher de notre voiture. Des paquets de chips vides, des cannettes écrabouillées d'eau gazeuse et des miettes de pop-corn au cheddar blanc. Avant, quand je marchais dessus, ça m'agaçait. À présent, j'étais presque attendrie en repensant à ces déchets. Les restes de copieux en-cas.

Ramasser ces saletés ne m'avait jamais traversé l'esprit. J'attendais toujours que mes parents s'en chargent.

Fut un temps où nous les laissions tout faire à notre place – où nous partions du principe qu'ils le feraient. Et puis un jour, nous ne l'avons plus voulu.

Plus tard encore, nous avons découvert qu'ils n'avaient absolument pas tout fait. Ils avaient oublié la partie importante.

Celle qu'on appelait l'avenir.

— Vous leur avez raconté quoi ? ai-je demandé à David.

— Que les soldats étaient armés.

— Ils ont peut-être un truc qu'on ignore ? a dit Juicy, optimiste. Une arme secrète.

Nous avons retourné cette idée dans nos têtes. En regardant les parents sortir de leurs voitures, en voyant les portières claquer derrière eux, j'ai eu le sentiment de dériver. De dériver ou de flotter.

J'étais bien au-dessus de l'action et j'espérais pouvoir y rester. Pour toujours. Là-haut, dans le silo, ou en train de voler, même. Je pourrais glisser au-dessus de tout, les fermes et les champs, regarder ce qui se passait en dessous sans jamais avoir besoin d'agir.

Je pourrais rester dans les airs à tout jamais, du moment que Jack était à mes côtés.

— On pense leurrer qui, là ? a demandé Rafe.

Huit parents, dont les miens, s'étaient déplacés. Minces depuis peu. Le chaos les avait affûtés. Comme l'aurait fait le coach personnel d'une star de cinéma.

Mais s'ils avaient des armes secrètes, celles-ci étaient bien cachées.

Nous les avons regardés se diriger vers l'arbre de Mattie et s'arrêter, rester debout dans le crachin.

Ils ignoraient tout de lui, ai-je pensé. Ils ne savaient rien de sa bonté.

Si seulement je pouvais voir leurs visages. Il faisait de plus en plus sombre.

Le coucher du soleil, avait dit le gouverneur. Nous étions anxieux.

Nous nous sommes dit qu'il fallait sortir, et puis nous nous sommes demandé si notre présence détournerait leur attention. Je m'apprêtais à descendre les escaliers quand Burl s'est adressé à nous d'en bas.

— Restez où vous êtes. Vous êtes des handicaps. Je vais leur expliquer la situation.

Il fallait qu'il se dépêche, ai-je pensé. Avant que les soldats ne les surprennent ou qu'ils ne surprennent les soldats.

— Magne-toi alors, a dit Juicy.

Être malpoli ne lui posait pas de problème.

— Le soleil ne va pas tarder à se coucher, a ajouté Rafe, comme pour s'excuser de quelque chose.

— J'y vais tout de suite.

— Je veux venir avec toi, a dit Val.

— Tes parents sont là ?

— Pas là. Pas de parents.

Ils ont franchi la porte du silo, et nous, nous sommes restés dans le nid-de-pie.

Nous avons vu Burl parler aux parents devant l'arbre, et l'un d'eux s'est détaché du groupe – un père, mais pas le mien. Le mien était agenouillé à côté de ma mère. Apparemment, il lui laçait ses chaussures.

Parfois, elle avait mal au dos, alors il se baissait à sa place. Elle avait certainement mal au dos en ce moment.

Mon père n'était pas entièrement mauvais.

L'autre père a couru jusqu'à sa voiture et est revenu avec une trousse. Il en a sorti quelque chose et a coupé le fil barbelé. Celui-ci est tombé et ils ont détaché Mattie.

Juicy a voulu toper dans la main de Rafe, mais Rafe était trop cool pour ça. Deux pères ont suivi Burl dans la grange – ils transportaient Mattie, dont les bras étaient passés par-dessus leurs épaules et la tête brinquebalait.

La musique tonitruante en provenance de la maisonnette s'est arrêtée. Une voix geignarde genre country a été coupée au beau milieu d'une note.

Serrés les uns contre les autres derrière la rambarde, nous avons tendu le cou pour regarder. Le gouverneur est sorti par la porte, suivi des deux gros gardes qui ont décroché leurs armes jusque-là en bandoulière. Il y a eu un échange verbal, des éclats de voix, mais impossible de distinguer les mots.

Ensuite, quelqu'un a poussé quelqu'un d'autre. Nous ne savions pas clairement qui. Autour, il y avait trop de gens agglutinés. Un coup de feu est parti. Deux cris. Nous nous sommes dévisagés.

Mais le coup semblait avoir été tiré en l'air car personne n'a chancelé. Les parents ont reculé.

Des armes étaient braquées dans le dos des pères. Les mères débitaient des propos paniqués d'une voix aiguë. Les derniers soldats sont sortis de la maisonnette. Leurs armes s'agitaient dans la même direction – même l'arbalète pointait vers la grange. Le groupe était en marche.

— Est-ce qu'on devrait descendre ? a demandé Jen.

— Si on reste ici, on est des couilles molles, a répondu Juice.

— Burl nous a dit de rester, a fait remarquer Low.

— Respecter Burl, a rappelé Rafe. Vous vous souvenez ? C'est une règle.

— Vous ne bougez pas ! a crié Sukey d'en bas.

— Regardez ce que j'ai trouvé ! s'est écriée une autre voix.

Qui venait d'en bas.

Je me suis dépêchée de rentrer et j'ai regardé. Val se tenait devant la porte du silo. Elle montrait quelque chose derrière elle.

Je n'ai pas tout de suite reconnu Dee. Était-elle plus mince, comme les parents ? Avaient-ils fini par manquer de nourriture à la maison ? Ou bien son visage avait-il simplement pris un coup de vieux ?

— Eh ben, voyez qui est là ! a dit Low.

— Elle se cachait dans une voiture, a expliqué Val.

— Ils avaient besoin qu'on les guide pour venir jusqu'ici, a expliqué Dee mollement. Et c'est *vous* qui les avez voulus. Vous disiez avoir besoin de leur aide.

— Seulement parce qu'ils nous ont appelés, a justifié Low.

— Vous les avez appelés en premier, a répliqué Dee.

— C'est faux, s'est récrié Low.

— Eh bien, quelqu'un l'a fait. C'est comme ça qu'ils ont su où vous étiez. Et qu'ils vous ont tous appelés. Au même moment.

— Conneries ! a répondu Rafe. Aucun de nous ne les a appelés.

Nous avons secoué la tête.

— Pas appelé, a dit Jen.

— Ça non, a lancé Low. Jamais de la vie.

— C'est moi qui ai appelé.

Nous avons regardé en bas. Sukey, qui berçait le bébé. Elle n'a même pas levé la tête vers nous. Elle n'a pas croisé notre regard.

Nous étions silencieux.

J'avais du mal à le croire.

Mais elle l'avait dit. Elle l'avait dit elle-même.

— Donc ouais, a sorti Dee. J'ai raison. Je gagne.

— Tu gagnes que dalle, a rétorqué Jen.

Mais elle avait une mine vaincue. Elle avait été plus proche de Sukey que n'importe lequel d'entre nous.

— For-mi-dable, putain ! s'est exclamé Rafe au bout d'une minute. Inutile. Et maintenant, ces cinglés ont huit nouveaux otages.

— On fait quoi, maintenant ? a demandé Juicy.

Il a regardé Rafe, qui m'a regardée.

J'ai pensé à Jack et Shel, planqués sans que personne les remarque. Une part de moi avait encore envie de filer les rejoindre.

Mais je ne pouvais pas.

Alors nous avons parlé. Et nous avons voté.

La délégation se composait de Rafe, Terry et moi. Sukey et Dee nous ont suivis – Dee a insisté pour le faire, et Sukey avait le bébé. David est resté dans le silo.

Les autres sont descendus en rappel avec la corde d'escalade de Val et se sont dirigés vers la forêt dans le noir. Notre groupe s'est rendu à la grange, dont la porte était gardée par le type à l'arbalète.

À l'intérieur, il n'y avait pas beaucoup de lumière, seulement quelques lampes-tempête suspendues à des poutres. Les parents étaient retenus dans un box cadenassé. Je ne savais pas trop à quoi servait le cadenas, étant donné que le mur du box ne se dressait qu'à mi-hauteur. Ils auraient pu sortir en l'escaladant. Mais bon, peu importe.

Dans un autre box, Burl et les anges s'efforçaient de prendre soin de Mattie.

Les soldats semblaient l'avoir oublié. Ou peut-être l'avaient-ils finalement pris en pitié.

J'en doutais.

— Eve ! s'est exclamée ma mère.

— Eve ! s'est exclamé mon père.

Ils avaient quelque chose d'étrange, au-delà de leurs silhouettes et de leurs visages émaciés. J'ai percuté : ils étaient parfaitement sobres.

— Oh ! Des retrouvailles familiales ! s'est moqué le type à l'arbalète.

— Mon Dieu ! s'est écriée ma mère. Tu vas bien. Et Jack. Où est Jack ?

— En sécurité. Pour l'instant.

— Eve. On s'est tellement inquiétés.

— On vous a dit qu'ils étaient armés, ai-je sifflé. Et vous êtes venus ici les mains dans les poches ?

— La loi est de notre côté, Eve, a déclaré mon père qui s'est redressé et m'a adressé un regard qui se voulait ardent. Le pouvoir de la loi !

Il était peut-être bourré, finalement.

— Nous avons agité la menace du tribunal, a précisé un père à côté de lui.

C'était certainement le père de Rafe, parce que celui-ci a enfoui son visage dans l'une de ses mains et a secoué la tête.

— On va les poursuivre en justice jusqu'à ce qu'ils se retrouvent cul nu ! a marmonné un autre père. Quand les choses rentreront dans l'ordre.

— Un bébé ! Le bébé ! a chantonné une mère, et toutes les autres se sont amassées derrière la porte du box en essayant de toucher la petite.

Sukey a soulevé le bébé et les a laissées faire.

Nous nous sommes détournés du tripotage de bébé.

Terry était porte-parole, comme d'habitude, quoique sans ses lunettes il avait l'air moins savant. Un petit gars courtaud, ce Terry.

— Excusez-moi ! Où est le gouverneur ? a-t-il demandé au type à l'arbalète.

L'arbalète a indiqué où il se trouvait.

Les autres soldats étaient en haut, dans le grenier à foin, assis sur des meules et sur nos sacs de couchage empilés. Ils fumaient. L'odeur de beuh flottait dans l'air.

Ça ne me plaisait pas de voir leurs culs graisseux sur mon sac de couchage. Ça ne me plaisait pas du tout.

— Monsieur, a dit Terry. Peut-on avoir votre attention ?

— Bien sûr, petit, a répondu le gouverneur en prenant un joint à l'un des gros. J'ai rien de mieux à faire.

De toute façon, l'échéance du coucher de soleil était tombée aux oubliettes. Les parents avaient détourné leur attention au moins.

— En privé, a ajouté Terry.

— Montez, a lancé le gouverneur en inhalant profondément.

Il a retenu la fumée dans ses poumons.

Alors nous avons grimpé à l'échelle, d'abord Terry, puis Rafe, et ensuite moi.

— Vous allez nous dire où se trouve le reste de la planque ? a demandé le gouverneur. Ou va falloir qu'on torture les parents ?

À côté de lui, un gros a brandi un petit objet noir qui ressemblait à la tondeuse à barbe de mon père.

— Taser. Il expédie cinquante mille volts, a fanfaronné le gros. L'arc électrique traverse l'air. Douze mille volts dans le corps.

— Il n'y a pas d'autre planque, a dit Terry. Regrettablement.

— Tu sais quoi, petit, a répondu le gouverneur pensivement. Je crois bien que je commence à te croire.

— Écoutez.

Terry s'est agenouillé poliment devant eux. Cette partie-là, c'était de l'impro. On ne lui avait jamais demandé de se mettre à genoux.

— Les parents sont des trouducs. Des crétins. On le sait. À votre avis, pourquoi on s'est enfuis ? Ils vivent dans un monde imaginaire. Mais on a quelque chose de réel à offrir.

— Quelque chose d'aussi bien que la nourriture ?

— Peut-être même mieux.

— Balance, alors !

— Vous avez vu leurs voitures, pas vrai ? La Mercedes, le SUV Volvo et le vieux modèle S de Tesla ?

— Ouais. Des bagnoles de merde, mais facile à revendre. On va les prendre.

— Bien sûr, a répondu Terry. On n'en attendait pas moins de vous.

Les gros ont ri. Le gouverneur a souri.

— Je ne mentionne les voitures que parce qu'elles indiquent quelque chose, a poursuivi Terry. Une chose qu'on peut vous donner, si vous promettez de partir.

— Et de quoi s'agit-il, petit ?

— De leur argent.

Pour toute réponse, le silence. Mais de l'intérêt.

Nos parents n'étaient pas les parents du yacht. Loin de là. Mais ils disposaient de certaines ressources.

— Ah ouais ? a dit lentement le gouverneur.

— On peut avoir accès à leurs comptes bancaires, a expliqué Rafe. Un de nos gars est un techos. Un hacker, en gros. Et on a leurs ordinateurs portables. Et puis une borne Wi-Fi, si on monte sur une colline pas loin d'ici sur laquelle on sait qu'il y a une antenne-relais. Si vous acceptez de partir, on vous transférera l'argent.

Re-silence.

— Hum, a sorti le gouverneur en hochant doucement la tête. On parle de combien ?

— On n'a pas encore les chiffres exacts, a répondu Terry. Mais on va le découvrir. Il y a quelques FNB. Et des fonds de placement.

— Hum, a répété le gouverneur, histoire de meubler.

— Ça vaut le coup de tenter, a estimé l'un des gros.

— OK, petit. Laisse-nous quelques minutes. On va, euh, prendre ça en considération.

Il avait l'air d'avoir sommeil. Ses yeux étaient mi-clos.

Complètement défoncé, ai-je compris.

— C'est tout ce qu'on vous demande, a répondu Terry. Et merci.

T'as pas lésiné, a dit Rafe lorsque nous nous sommes tous retrouvés au pied de l'échelle. Sur le léchage de cul.

— C'est pas des flèches. J'ai été obligé d'y aller franco.

— Mission accomplie, ai-je dit.

— Maintenant, on attend, a déclaré Rafe.

Le mec à l'arbalète avait l'air de bien se moquer de ce que nous faisions. Vêtue d'un sweat à capuche et munie d'une lampe frontale, j'ai filé voir comment allait Jack. Il pleuvait un peu moins.

Quand je l'ai trouvé avec Shel et les autres, assis sous une toile tendue sur l'appentis qu'ils avaient construit, le rouquin était avec eux. Il n'avait plus son flingue : c'était Jen qui le tenait.

Sa jambe était enveloppée dans un morceau de tissu. Il mangeait dans un bol et se servait de ses mains comme d'une louche.

— C'est une façon très gentille de traiter le gamin qui a tué la meilleure chèvre au monde, ai-je dit à Jack.

— Il avait faim. Et soif. Et sa jambe lui fait très mal. Alors on l'a laissé nous lancer son arme. Et on l'a sorti du trou.

— J'aime les macaronis, a déclaré le gamin, la bouche pleine.

— Il était carrément mort de faim, a expliqué Jen.

— Ça va à l'encontre de la convention de Genève, a ajouté Low.

— En plus, il a une déficience mentale, a dit Juicy, pas discrètement.

Mais si le rouquin a entendu quelque chose, il n'a pas exprimé d'objection.

Jack a tiré sur la manche de mon sweat pour me prendre à part.

— Evie, on veut rentrer à la maison. Jen nous a raconté que les parents étaient là. Ils vont tout réparer, Evie ?

— Je ne sais pas, Jack. Pour l'instant, non. Pour l'instant, ils ont aggravé les choses.

— Tout est mouillé. Et j'ai super froid.

Jack n'exagérait pas : ses lèvres étaient bleues et ses mains tremblaient.

— Le réchaud est à sec. Et nos réservoirs à eau ne collectent que la pluie. Et puis tu me manques.

— Mais ces hommes sont dangereux. Ça vaut pas le coup de se faire tirer dessus, si ?

— Et Roux a besoin d'un médecin.

— Roux ? Vous êtes potes, maintenant ?

— Pas potes. C'est juste qu'il faut que quelqu'un

remette sa jambe en place. Sinon, Shel pense qu'il ne remarchera jamais normalement. Il a besoin d'aide.

— Il aurait dû y réfléchir avant de me menacer avec une arme.

— Réfléchir, c'est pas trop son truc. Il ne t'aurait pas tiré dessus.

— Comment tu le sais, Jack ? Peut-être qu'il aurait tiré sur toi. Tu as bien vu ce qui est arrivé à Dilly.

— Shel a enveloppé sa jambe dans son tee-shirt. Mais tu devrais voir. En dessous, c'est pas joli.

Je l'ai renvoyé vers le feu de camp pour consulter Jen. Nous ne savions pas trop comment procéder. Les soldats semblaient se cantonner à la grange et à la maisonnette. Le gouverneur était défoncé et carrément à l'ouest. Pour le moment, en tout cas.

Et le silo, au moins, était chauffé et au sec.

Peut-être que les petits garçons y seraient tout autant en sécurité qu'ici.

Roux était l'électron libre, d'après Jen. Allait-il à nouveau rejoindre le camp des soldats ? Nous mettre dans la merde à cause de sa jambe ?

— Hé, Roux, l'ai-je interpellé. Est-ce que l'un des types restés là-bas est ton père ?

Roux était en train de lécher son assiette. Il a secoué la tête.

— J'ai pas de père.

— Alors comment tu les connais ?

— Je travaille au restaurant.

— Au restaurant ?

— McDo, a expliqué Jack.

— Je fais le ménage. Ils sont arrivés dans leurs camionnettes. Je les ai laissés entrer. Ils ont les clés maintenant. C'est eux les patrons maintenant.

— Je vois, ai-je répondu.

Et vraiment, je voyais.

Mais quand nous sommes sortis des arbres, nous avons aperçu des lumières vives au-dessus du champ. Nous nous sommes arrêtés pour regarder. Nous n'avions pas vu de lumières aussi vives depuis longtemps. Éblouissantes. Rapidement, elles se sont rapprochées et se sont faites encore plus intenses, sont descendues encore et encore, accompagnées d'un bruit assourdissant. C'était le bruit d'un rotor.

Un hélicoptère.

— Ils ont dû appeler les flics ! s'est exclamé Juice.

— C'est les flics ? a crié Rafe.

Nous avons dû arrêter de crier à cause du boucan. Est-ce qu'après tout les parents avaient prévenu la police ? Nous avions du mal à le croire.

Nous n'avons décelé aucun signe de mouvement aux abords de la grange.

Le gouverneur s'était endormi à la barre.

Nous nous sommes regardés en souriant. Je ressentais la folie de l'espoir. Une joie insensée. Tout le monde éprouvait la même chose. C'était contagieux.

Les pales, en tournant, généraient du vent, et nos cheveux tournoyaient tandis que les lumières descendaient. Nous formions un cercle serré dans l'obscurité humide. Et puis l'appareil a atterri. Il nous a paru immense.

Des hommes ont sauté sur l'herbe. Des types en noir, comme des membres de la SWAT. Ils étaient armés. Ils se sont précipités en formation et l'arme en joue vers la grange. Ils avaient clairement un plan d'action.

Les pales de l'hélico se sont arrêtées en bourdonnant. Nous nous sommes dirigés vers l'appareil.

Une silhouette en long manteau et bottes montantes est sortie en dernier. Une femme. Dans la lumière, j'ai vu que son visage était calme. Elle était mince et âgée.

Elle nous a regardés. Nous a fait signe d'approcher. Et a commencé à s'éloigner.

— Y a des gamins dans la grange avec les soldats ! ai-je crié dans son dos en la talonnant tandis que le bruit et les lumières se dissipaient derrière nous. Un bébé. Nos parents. Et les anges du sentier, et Burl. Ils n'ont rien fait de mal.

— Je sais, ai-je cru entendre.

Je n'en étais pas certaine car elle ne s'est pas retournée. Ses mots se sont envolés devant elle.

Nous l'avons suivie à l'intérieur du silo. Elle a traversé la pièce à la manière d'une femme d'affaires pressée et s'est installée dans l'un des deux fauteuils.

David, qui, avachi dans l'autre fauteuil, pianotait sur son ordinateur portable, s'est redressé. Son visage avait des allures de point d'interrogation.

— Vous êtes la propriétaire ? a demandé Jen.

La femme a vaguement hoché la tête. Elle a sorti un téléphone de la poche de son manteau et a appuyé sur un bouton.

— Évacuez les civils, a-t-elle dit. Mettez les parents dans la maisonnette. Et envoyez-moi les enfants.

Elle a ensuite sorti un briquet et un paquet de cigarettes. En a allumé une et a tiré dessus.

J'avais envie de lui dire qu'il ne fallait pas fumer ici, mais je me la suis bouclée.

— Il va leur arriver quoi, à ces types ? a demandé Juicy.

— Eh bien… Je crains qu'ils n'aient enfreint les règles.

— Bruit le week-end ? a tenté Jack.

Il se tenait à mon côté, encore mouillé et grelottant.

— Exactement, mon chéri, a répondu la propriétaire.

C'était peut-être mon imagination, mais son expression m'a paru tendre.

— Entre autres choses, a-t-elle ajouté. Va te mettre près du radiateur là-bas, Jack. Tu es gelé.

Avais-je prononcé son nom ? Quand ?

Elle a fait des gestes rapides en direction de Shel, qui s'est lui aussi approché du radiateur. Il s'est accroupi et a tendu ses mains devant le chauffage.

Cette vieille dame savait signer.

— Vous autres. Restez.

Elle dégageait quelque chose. Désobéir ne m'a pas traversé l'esprit.

— Vous pouvez monter si vous le souhaitez, a-t-elle poursuivi. Je sais que vous appréciez la vue. Mais ne sortez pas. D'abord, apportez-moi un cendrier, Eve.

Je ne lui avais pas non plus dit mon nom.

— Je ne sais pas où…

Elle a esquissé un geste en direction des rayonnages sur le mur. Et effectivement, un petit bol en métal s'y trouvait. Je l'ai posé sur le bras de son fauteuil.

Derrière nous, Sukey s'est arrêtée sur le seuil avec son bébé. Puis Dee. Elles sont restées plantées là, timidement.

— Bien. Que la fête commence.

Elle a appuyé sur une autre touche de son téléphone.

Nous ne savions pas ce qu'elle entendait par là, mais elle n'en a pas dit davantage. Elle a tapoté sa cendre dans le bol. Nous nous sommes engagés dans les escaliers.

Depuis la plateforme, nous avons observé la grange en contrebas. Au début, tout était silencieux et plongé dans la quasi totale obscurité. À travers l'une des deux fenêtres, nous apercevions une lueur vacillante.

— Sacrée bougie, a lancé Rafe.

— Ils ne devraient pas allumer des bougies làdedans, a dit Jen.

Du brouillard dérivait devant les faisceaux lumineux de nos lampes frontales. Un hurlement a brisé le silence et nous avons vu l'un des types de la SWAT en ombre chinoise devant la porte à foin. J'ai deviné grâce à son casque et à la ceinture volumineuse autour de sa taille. Il nous tournait le dos, mais avait apparemment levé son fusil.

— Qu'est-ce qu'il fait ? a demandé Jen.

Nous avions les yeux scotchés sur la scène. Il y a eu d'autres cris. J'ai regardé la maisonnette. Les lumières étaient allumées. Les portes étaient ouvertes. Des pères et des mères traversaient la pelouse en courant. Et entraient à la queue leu-leu. J'ai compté : huit. Tous là.

Un âne se promenait peinard sur des dalles à proximité de l'endroit où étaient garées les voitures. Clip-clop. Clip-clop.

— Sérieux ? s'est exclamée Jen. Qu'est-ce qu'il fout ?

— Il monte la garde ? a plaisanté Rafe.

Nous avons entendu un crépitement. Nous avons vu des flammes s'élever derrière une fenêtre. Puis derrière l'autre.

Ce n'était pas du brouillard, avons-nous compris.

— Dis-lui ! s'est écriée Jen. Dis-lui que la grange est en train de brûler !

Alors je me suis précipitée en bas, suivie de Juicy qui marchait bruyamment derrière moi. Il aimait prendre part à l'action, Juice, vraiment.

— Votre grange ! ai-je annoncé, à bout de souffle, à la propriétaire. Elle a pris feu ! La grange brûle !

— Ce vieux machin ! Plus aux normes. On aurait dû la condamner depuis longtemps.

Toujours calme. Parfaitement calme.

— Mais… mais…

— Des gens sont peut-être piégés à l'intérieur, a dit Jack d'un ton grave.

— Eh bien, ils n'auraient pas dû jouer avec des tasers.

Nous l'avons regardée fixement. Moi, en tout cas.

— Ou avec des armes. Pire encore. Contre les règles.

— Peut-être qu'ils ne connaissaient pas les règles, a fait remarquer Jack.

— Bien sûr qu'ils les connaissaient, mon petit. Tout le monde connaît les règles.

Nous avons perdu dix bonnes minutes. Nous ne savions absolument pas quoi faire. Alarmés mais aussi paralysés. Au début, les flammes étaient à l'intérieur de la grange, et puis voilà qu'elles jaillissaient à l'autre bout du toit. Épaule contre épaule, leurs dos alignés, les types de la SWAT occupaient tout l'espace de la porte à foin. Un mur d'hommes sombres.

L'une des deux fenêtres de la grange s'est ouverte avec fracas de l'intérieur. Un homme a essayé de sortir par là en se contorsionnant mais a basculé en arrière. Et les flammes étaient à la fenêtre.

C'est alors que nous avons su qu'il fallait essayer. Et si les anges se trouvaient encore à l'intérieur ?

Elle avait demandé de déplacer les parents. Et les enfants. Mais n'avait pas mentionné les anges.

Nous sommes descendus en rappel pour ne pas avoir à affronter la propriétaire et pour que les petits garçons restent où ils étaient. Nous avons tenté d'ouvrir les doubles portes de la grange, mais elles devaient être verrouillées de l'intérieur avec des chaînes – nous avons tiré et tiré et ne sommes parvenus qu'à les entrebâiller de cinq centimètres à peine.

Éteindre le feu était une bataille perdue d'avance. Nous avons fait des allers-retours avec des seaux d'un robinet à la grange, mais c'était vain. Nous avons essayé d'utiliser le tuyau d'arrosage du potager, mais il n'était pas assez long.

Alors nous avons pris des râteaux et des pelles et donné des coups dans les doubles portes pour tenter de faire un trou dedans. La fumée était épaisse. Nous toussions et avions du mal à voir. Les parents ont déferlé de la maisonnette derrière nous en nous criant de partir. Le bâtiment allait s'effondrer, nous ont-ils hurlé.

Certains d'entre eux ont fini par nous tirer par le bras, nous empoigner, nous plaquer au sol et nous traîner – Low a connu ce sort, puis Jen –, et voilà que les types de la SWAT s'en mêlaient et que nous étions en infériorité numérique.

Il y a eu un coup de feu, que nous avons à peine entendu par-dessus le bruit des flammes. D'autres coups de feu ont suivi, *rat-tat-tat*, et plusieurs parents pleuraient et nous agrippaient.

Tandis qu'on nous éloignait de force des portes de la grange – nous avions creusé deux longues entailles irrégulières dans le bois –, la pluie a repris et le tonnerre a grondé. Très vite, il pleuvait à verse.

Les types de la SWAT nous ont rassemblés dans la

maisonnette, où pas une personne de plus ne semblait pouvoir tenir debout. Partout, des mères et des pères.

Nous étions entassés dans cette cuisine comme des gens dans un ascenseur bondé. Même chose dans la salle de bains et la chambre. Nous remplissions la petite maison.

— Vous êtes en sécurité, a annoncé un type de la SWAT.

Mais ensuite il a reculé. Et bon sang, il nous a enfermés à l'intérieur.

Sa voix nous est parvenue assourdie de dehors.

— Maintenant, vous ne bougez plus. Je ne plaisante pas.

À l'intérieur de la maisonnette, la nuit est devenue longue et floue. Nous avons dormi d'un sommeil agité, écrasés les uns contre les autres, entassés debout ou bien assis par terre contre des jambes. Juicy et Dee se sont pelotonnés sur la table de la cuisine, et je les ai enviés.

Nous étions humides et noirs de fumée et de cendre, et plusieurs pères marmonnaient et ronflaient. Plusieurs mères pleurnichaient et murmuraient. Je me faisais du souci pour Jack, dehors, dans le silo. Je ne sais plus comment j'ai fini par m'endormir, mais cela a dû se produire car progressivement c'était le matin.

La lumière a filtré à l'intérieur et je me suis rendu compte qu'il ne pleuvait plus. Nous nous sentions emprisonnés et frustrés. Quelqu'un était en train de parler de la fenêtre de la salle de bains dont la vitre était cassée et demandait qui était assez petit pour s'y faufiler quand Juicy a poussé Rafe contre la porte.

Et a découvert qu'elle n'était pas verrouillée, puisqu'elle s'est ouverte.

Jack se trouvait de l'autre côté. Shel était derrière lui. Et puis Sukey, le bébé et Dee.

Et Roux, aussi. Il se balançait d'un pied sur l'autre.

J'ai serré Jack très fort dans mes bras. Je l'avoue.

Derrière eux, la grange se consumait. Pas de flammes. Elle était encore là, mais *grosso modo*, était passée de rouge à noire, et certains pans de l'édifice s'étaient écroulés.

Nous nous sommes précipités à l'extérieur en direction du champ, mais l'hélicoptère avait disparu. Des ânes broutaient l'herbe aplatie à l'endroit où l'appareil s'était posé. Et une chèvre.

Il restait une chèvre. Les soldats l'avaient ratée.

Nous avons foncé vers les voitures. Celles de nos parents étaient toujours là, contrairement à celles des soldats. Le portail était ouvert.

Ça grouillait de parents devant et dans la maisonnette. Ils essayaient d'avoir du réseau sur leurs téléphones. Se lavaient le visage et les mains dans les éviers et les lavabos. Chose répugnante, certains laissaient la porte ouverte quand ils allaient aux toilettes.

— Où sont les anges ? ai-je demandé à Jack. Où est Burl ?

Il a secoué la tête. Il ne savait pas.

— On est allés dormir. À côté des radiateurs. Cette dame était gentille. Elle nous a préparé un chocolat sur un petit réchaud et est restée assise dans son fauteuil en souriant. Elle nous a raconté des histoires en langue des signes. Pour que Shel puisse entendre aussi. Et puis on s'est endormis. Quand on s'est réveillés, elle n'était plus là.

Ma mère a demandé s'il y avait un endroit où l'on captait bien dans le coin. Ici, il n'y avait pas de réseau, a-t-elle expliqué – pas assez pour les appels vocaux. On a répondu que ouais, on avait remarqué.

Elle a dit qu'il fallait prévenir la police. Les pompiers. Tout le monde.

Les parents croyaient toujours aux services de secours.

Val a dit qu'elle savait où il y avait une antenne-relais. Cela ne serait d'aucune utilité, mais elle les y conduirait. S'ils insistaient.

— Faut qu'on aille voir dans la grange, a dit Jen une fois que la plupart des parents furent partis avec Val.

Elle était assise à la table de pique-nique avec Sukey, qui donnait le biberon au bébé.

La grange n'intéressait absolument pas les parents. Ils laisseraient les autorités s'en charger, avaient-ils dit.

Nous étions carrément flippés à l'idée de rentrer à l'intérieur. Les murs et le toit pouvaient s'effondrer sur nous. Et qu'allions-nous découvrir ? Allions-nous trouver les cadavres des anges ?

— Un côté est complètement découvert, a dit David. N'a plus de toit. On peut sûrement se déplacer sans danger dans cette partie-là.

Je ne voulais pas. Du tout. Personne ne le voulait.

Mais il le fallait.

J'ai demandé à Jack et à Shel de patienter à l'extérieur, et Sukey a tendu le bébé à mon frère. Nous sommes entrés avec prudence à travers les cendres et le bois brûlé. Nous ne sommes pas allés là où des bouts de toit pendaient. Nous sommes restés à distance des murs fragiles. Tout sentait la fumée. Les box avaient disparu.

Des poteaux et des poutres étaient tombés, et à l'intérieur il faisait sombre. On avait du mal à voir. Des pans de mur, des bardeaux et des planches avec des clous dedans. Tous noircis au contact du feu. Il était impossible de distinguer les choses les unes des autres.

Et puis Juicy a trouvé des armes fondues, qui formaient une pile sous les planches qui étaient tombées du grenier à foin. Il a trouvé quelques fermetures Éclair appartenant à nos sacs de couchage.

David a trouvé la semelle fondue d'une botte attachée à une coque.

Jen a trouvé un crâne. Avec de la peau et des cheveux dessus.

Elle a immédiatement vomi. Jen a un réflexe nauséeux actif.

Ce n'étaient pas les cheveux de Darla, a dit Low. Ni les cheveux de l'un des anges. Ils étaient gris. Et coupés très court.

Plutôt comme ceux du gouverneur.

Il y avait aussi d'autres os – des côtes et de grands os de jambes. Des fémurs, a affirmé Juicy.

Nous n'avons pas essayé de compter les os ni de reconstituer des gens à partir de ce que nous voyions. Nous sommes simplement sortis.

Nous avons quitté la grange. Pour ne plus jamais y retourner.

Deux pères étaient restés pour bidouiller les voitures. L'une de celles que nous avions conduites ne démarrait plus, je crois. Je suis allée dans la cuisine et j'ai allumé mon téléphone.

Dessus, j'ai vu quelques vieux appels manqués de mes parents.

Et un seul nouveau texto en provenance d'un numéro inconnu.

Cela m'a libérée d'un poids.

C'est la propriétaire. Ne vous inquiétez pas pour Burl et les anges. Ils sont avec moi à présent.

— Hé ! Viens ici ! a crié Jack depuis l'extérieur. Evie ! L'arbre ! Viens voir !

Je suis sortie et je me suis retournée pour regarder vers là où Jack regardait. Le squelette du cornouiller, dénudé de ses feuilles, avait des petites bosses blanches partout sur les parties les plus fines de ses branches. Des centaines et des centaines.

Au début, j'ai pensé : *Maladie. Champignons*.

Et puis j'ai compris qu'il s'agissait de bourgeons de fleurs. C'était l'automne, mais l'arbre était recouvert de bourgeons.

9

Notre literie et la plupart de nos vêtements avaient brûlé, alors nous ne possédions plus grand-chose. Nos téléphones et quelques habits qui se trouvaient dans la pile de linge sale de la maisonnette. Quelques brosses à dents fatiguées et des articles de camping.

Les parents disaient que les routes étaient en train d'être dégagées et que certaines stations-service avaient rouvert.

Mais qui nourrirait les ânes après notre départ ? a demandé Jack aux parents. Et la chèvre solitaire qui avait survécu ? Lui et Shel l'avaient gardée dans les bois pendant la tuerie, m'avait-il raconté. Ils l'avaient tenue par la peau du cou pendant que ses congénères s'en allaient dans les champs.

Les parents n'en avaient rien à cirer.

Avant notre départ, a dit Sukey, il fallait qu'elle leur montre la tombe de sa mère.

On leur avait appris sa mort pendant les transfusions – David s'était chargé de leur annoncer la nouvelle –, mais certains d'entre eux étaient alors trop souffrants pour l'entendre, et d'autres étaient probablement ivres. Ou préoccupés. Ils n'en avaient même pas parlé.

Sukey voulait leur rendre la chose réelle. Elle voulait qu'ils percutent.

Nous avons marché en silence jusqu'au cairn qui se trouvait dans un coin du champ, à l'endroit où commençait la forêt. Les parents, taiseux, nous ont suivis en traînant les pieds, quoique la mère de Jen ait tenté d'attraper la main de Sukey. Celle-ci l'a repoussée en lui assénant une petite tape sur la main.

Le tas de pierres que Sukey avait érigé était de la taille d'une personne. Le cairn avait des allures de sentinelle. Aux aguets.

Les pierres ne bougeaient pas, bien sûr que non. Mais quelque chose dans leur posture vous portait à croire que cela pourrait arriver.

— Vous pensez que c'est nous, les responsables ? a demandé une mère.

D'un ton pathétique.

— Nous pensons que vous êtes responsables de tout, a répondu Jen posément.

— Qui d'autre pourrait l'être ? a ajouté Rafe.

— Je ne vous reproche pas d'être responsables, a dit Sukey.

Le bébé a poussé un cri aigu, et elle l'a bercé doucement.

La mère l'a regardée avec reconnaissance.

— Vous avez simplement été stupides, a poursuivi Sukey. Et paresseux.

Reconnaissance toute relative.

— Vous avez laissé tomber le monde, a lancé David.

— Vous les avez laissés tout transformer en merde, a renchéri Low.

À cet instant, j'ai failli oublier le goût de vieille banane.

— Je ne voudrais surtout pas vous décevoir, mais nous n'avons pas ce pouvoir-là, s'est défendu un père.

— Ouais. Et ils ont tous dit la même chose, a rétorqué Jen.

— Écoutez. On sait qu'on vous a déçus. Mais qu'est-ce qu'on aurait pu faire, vraiment ? a demandé une mère.

— Vous battre, a répondu Rafe. Vous est-il jamais arrivé de vous battre ?

— Ou bien vous êtes-vous contentés de faire exactement ce que vous aviez envie de faire ? a demandé Jen. Toujours ?

Les mères se sont regardées. Un père s'est frotté la barbe. D'autres ont enfoncé leurs mains dans leurs poches, se sont balancés d'avant en arrière sur leurs talons et ont scruté le tas de terre à côté des pierres.

— Bon. Il y a eu une crémation, a dit une mère.

Pour changer de sujet.

— Un bûcher funéraire, a précisé Rafe.

— Sukey a construit le cairn, ai-je expliqué.

— C'est une œuvre très forte, a dit mon père, l'artiste.

Sukey a roulé des yeux.

Au moins était-elle toujours capable de rouler des yeux.

— Nous devrions prononcer quelques mots, a dit une mère.

— Non, vraiment pas, l'a coupée Sukey.

— Une bénédiction, a proposé une autre mère.

— L'enterrement a déjà eu lieu, a souligné Rafe.

— Nous avons chanté un cantique, ai-je dit. Enfin... Quelqu'un l'a chanté.

— Un ange, a ajouté Juicy.

Il s'est tourné et a craché. Son crachat a atterri sur la chaussure d'un père.

— C'est dégoûtant ! s'est écriée une mère.

La sienne.

— Tant mieux, a conclu Juicy.

De retour dans les bâtiments, Jack était introuvable. Shel aussi, tout comme les ânes et la chèvre.

Je me suis dit que les petits garçons conduisaient les animaux jusqu'à la ferme des voisins. Ç'aurait été logique. Jack suivait ses propres convictions dernièrement.

Juicy et Low ont emprunté les véhicules tout-terrain pour un dernier tour dans le champ. Ils ont fait la course.

Dans la cuisine, une mère rangeait distraitement. Comme si la maisonnette était une location, et qu'il fallait faire le ménage.

— Je ne pense pas que la police viendra, a lancé un père, depuis la salle de bains.

— Ah bon ? s'est moqué Rafe.

— Il faut attendre Jack et Shel, ai-je dit à ma mère.

Elle avait trouvé une cannette de bière derrière le frigo et faisait sauter l'opercule.

— Tu as un endroit où aller, mon chou ?

Ma mère s'adressait à Roux, qui, assis à table, nettoyait la crasse sous ses ongles en les rongeant. Il avait récupéré l'une des armes fondues et hors d'usage, et l'avait glissée dans sa ceinture à munitions.

Il devait penser que cela produisait un effet bœuf.

Il a secoué la tête.

— Une maison ?

— J'en ai pas.

C'est à ce moment-là que j'ai remarqué que sa jambe n'était pas enveloppée. Et qu'il avait marché normalement toute la journée.

— Attends ! Ta jambe. T'as dit qu'elle était cassée. C'était juste une entorse ?

J'étais exaspérée. Jack avait dit qu'il ne marcherait plus jamais normalement, et nous avions été prêts à risquer notre propre peau.

— Elle était cassée. Elle l'a remise en place.

— Elle a remis ta jambe en place ? La propriétaire a remis ta jambe en place ? a demandé Jen.

Il a haussé les épaules.

— Elle l'a réparée.

Il a soulevé son pantalon. Nous avons vu une jambe normale, maigrichonne et poilue. Tout à fait normale.

— Attends ! s'est écriée Jen. J'ai vu ce truc. Même un médecin…

Elle m'a regardée. A secoué la tête. Perplexe.

Je n'avais pas vu la blessure de mes propres yeux, alors je n'avais pas d'avis sur la question.

— Elle m'a demandé de rester ici, a expliqué Roux.

— Qui ? a demandé Jen.

— Elle ! La proprio. Elle m'a dit que j'étais le nouveau gardien.

— Toi ? s'est étonné Rafe.

— Elle a mis mon doigt sur le cadenas, a-t-il ajouté.

Il n'avait pas de maison. Alors la propriétaire lui en avait donné une.

Le programme des parents était en gros le même que celui que nous avions eu : le refuge de la richesse. Nous allions nous mettre en route pour le manoir de Juicy.

Sa famille était toujours la plus riche.

— Tu penses que ça aurait pu marcher ? ai-je demandé à David, tandis que lui, Rafe et moi attendions les petits garçons au bord du champ. Ton plan consistant à donner aux soldats l'argent des parents ?

— Peut-être. Tout aurait dépendu de la solidité des systèmes de sécurité sur les autres ordinateurs portables. Je venais juste de cracker celui de mes parents quand il y a eu l'incendie dans la grange. Pas beaucoup d'argent sur leur compte. Ça n'aurait pas joué en notre faveur.

— On a vraiment fait tout notre possible, a dit Rafe. On a tenté la voie diplomatique. Une solution pacifique.

— Ça n'aurait pas été pacifique jusqu'au bout, ai-je observé.

— Vrai ! a admis David.

Nous nous sommes regardés en souriant, en imaginant la rage des parents. Avec l'alcool, l'argent était l'autre sujet qu'ils prenaient très au sérieux.

— Evie ! a crié Jack. Les voisins étaient à la maison. Ils sont vraiment sympas. Ils vont s'occuper des ânes. Et de Jiminy.

Shel a hoché la tête.

— Faut qu'on y aille maintenant, Jack. C'est l'heure.

— Je sais, Evie.

Nous avions six voitures en incluant le van, alors nous avons dû nous serrer. Jen et Shel ont fait le trajet dans notre véhicule.

Jack avait cherché partout sa chouette effraie pour lui dire au revoir, mais elle devait être en train de dormir quelque part. Il avait un peu pleuré quand il ne l'avait pas retrouvée. Shel aussi était triste. Ils se sont assis tout près l'un de l'autre et se sont morfondus. Jen s'est glissée à côté de moi.

Lorsque la caravane a démarré, Roux nous a regardés

du haut du silo. Il a agité son flingue fondu pour nous adresser un salut bourru.

J'avais le sentiment d'être une réfugiée. Ou une prisonnière de guerre. Peut-être les deux.

Ma mère a consulté son téléphone dès qu'elle a eu du réseau, pour les questions logistiques. Où s'arrêter pour acheter de l'essence et de la nourriture. Où se trouvaient les zones où l'on était en sécurité. Elle a mentionné la garde nationale et a parlé de postes de contrôle.

Jen et moi regardions par la vitre.

Ce n'était pas comme dans notre souvenir. Partout, les lignes électriques étaient au sol, et le bord des routes était jonché d'arbres et de branches qui étaient tombés. Des rivières marron emplissaient les fossés qui débordaient d'ordures. Çà et là, des gens marchaient en petits groupes le long de la route. Il y avait des voitures abandonnées, un semi-remorque en portefeuille. Des vitrines sombres dont les portes étaient ouvertes. Il y avait des chiens écrasés, des oiseaux, des lapins, des ratons laveurs et même des cerfs.

Je n'avais jamais vu autant d'animaux écrasés.

— Ne baissez pas les vitres, a ordonné ma mère. Cette odeur !

Des armées de créatures avaient mené une bataille sur ces routes. Mais sans le savoir. Personne ne leur avait dit que c'était la guerre.

Corbeaux et vautours étaient ivres de carcasses.

Il y avait peut-être toujours eu autant d'animaux renversés, a dit Jen. Mais à présent, personne n'était là pour déblayer leurs cadavres.

Lorsque Jack a vu les premiers animaux morts, des larmes lui sont montées aux yeux. Il a arrêté de regarder dehors. Lui et Shel ont gardé les yeux rivés sur leurs tablettes, sur des jeux où des palais radieux se dressaient au sommet de collines verdoyantes.

À travers la vitre, nous avons aperçu des signes de vie : des ouvriers couraient dans tous les sens en transportant des rouleaux de câble et des échelles sur leurs épaules, en criant des choses à des collègues derrière eux. Nous sommes passés devant des équipes de maintenance routière qui portaient des gilets de sécurité réfléchissants et des casques de chantier. Nous sommes passés devant une grue et des techniciens de lignes à haute tension qui travaillaient sur un pylône. Nous sommes passés devant d'autres familles dans des voitures tout aussi remplies que les nôtres.

Des enfants nous regardaient également depuis la vitre arrière de leur véhicule.

La terre avait une texture différente. Vieille et fatiguée. Presque à l'abandon.

Quand nous nous sommes arrêtés pour prendre de l'essence, toutes les voitures l'ont fait en même temps. Les parents ne voulaient pas risquer une séparation. Au bord du trottoir, des hommes brandissaient des pancartes : ICI, ESSENCE et PAS DE CRÉDIT.

Nous nous sommes garés devant une pompe en deux files. Seuls ceux ayant besoin de faire pipi avaient le droit de sortir, alors j'ai feint une envie pressante. Jen aussi.

— Laissez vos téléphones dans la voiture, a dit mon père.

J'imagine qu'il ne nous faisait pas confiance.

C'était de bonne guerre. Nous non plus, nous ne lui faisions pas confiance.

— Cinq minutes, pas plus ! a-t-il précisé.

Donc nous sommes allées aux toilettes histoire de nous occuper. Mais les toilettes étaient immondes – les W.-C. étaient bouchés, des amas de papier mouillé et des couches souillées jonchaient le sol – et nous n'avons même pas pris la peine de nous servir du lavabo. À la place, nous avons traîné dans la supérette et regardé les rayonnages dépouillés. Ils étaient presque tous vides. Il restait de la couenne de porc soufflée saveur *limón* et chili. Deux rouleaux de pastilles à la menthe pour l'haleine.

À la caisse, un employé très âgé au visage de fossile nous a considérées d'un air soupçonneux. Peut-être nous a-t-il prises pour des voleuses.

— Tampons ! s'est écriée Jen.

Ils se trouvaient derrière la caisse, à côté du tabac à mâcher.

— Cette boîte coûte combien ? ai-je demandé à l'employé en pointant mon doigt vers la boîte.

Par curiosité. Nous n'avions pas d'argent.

— Quarante.

— *Cents* ?

— Dollars.

— Quarante ! a murmuré Jen alors que nous sortions.

Aux abords du quartier de Juicy, les rues étaient plus propres, les tas d'animaux morts plus rares, et les équipes qui réparaient les lignes téléphoniques et électriques plus nombreuses. Autour de nous, les manoirs étaient en retrait de la rue et dotés de jardins paysagers élaborés. D'immenses pelouses avaient été tondues. Les poubelles avaient été ramassées.

— Voilà donc comment vit l'autre moitié, a commenté Jen.

— C'est nous, l'autre moitié, ai-je rétorqué.

— En tout cas, pour l'instant.

— Tout est pour l'instant, a observé Jack.

Il avait la voix d'un vieillard de quatre-vingt-trois ans.

Nous nous sommes garés derrière les autres voitures devant un grand portail en métal. Tout en haut duquel se trouvait une initiale en métal aussi, de mauvais goût. Nous avons attendu que les portes s'ouvrent.

— Regarde ! Tu vois ? La Terre promise ! ai-je dit à Jack, en lui donnant un petit coup de coude pour l'encourager à lever les yeux de sa tablette.

— On avait déjà la Terre promise, Evie, a-t-il répondu doucement.

— Hé, Jack, a lancé mon père en essayant de capter son regard dans le rétroviseur.

Il a sorti un sourire qui paraissait bidon. Et un ton jovial.

— Haut les cœurs, petit ! Tout va bien se passer !

Jack a éteint sa tablette et l'a retournée. Il a posé ses mains par-dessus, en les joignant bien comme il faut.

— C'est ce que tu as toujours dit.

Sa voix était toujours douce.

— Tu es mon père. Mais tu es un menteur.

Sur la banquette avant, il n'y avait que le silence.

En remontant la longue allée, nous avons aperçu des parterres de fleurs resplendissants ornés de bordures de choux violets, des fontaines avec des sculptures abstraites d'où jaillissait une eau limpide et des massifs d'arbres qui se paraient de jaune et de rouge.

Jen a sifflé entre ses dents.

— Pas trop miteux, a plaisanté mon père.

— Tout ça grâce à quelques films merdiques, a constaté ma mère.

— Ils ne sont pas tous merdiques.

— La plupart, si. C'est lui-même qui l'affirme.

— Tu devrais voir son ranch à Bel Air, a dit mon père.

— Tu l'as pas vu, toi ! s'est moquée ma mère.

— Et si. Sur les réseaux sociaux.

Ma mère a ri en émettant un petit grognement.

Nous nous sommes garés. Il y avait un parking ombragé. J'apercevais un kiosque ouvragé au loin, et à travers des arbres un bout d'une gigantesque maison blanche prétentieuse qui ressemblait à la version toc d'un endroit en Europe. Peut-être l'Italie.

— Je vais direct à la piscine, a déclaré ma mère en détachant sa ceinture de sécurité. Et ensuite, direction le jacuzzi. Il paraît qu'il y a une toiture en verre au-dessus.

— Comment tu peux avoir une piscine à débordement sans océan ? a demandé Jen.

— J'imagine qu'on va bientôt le savoir, a répondu mon père.

— Le bar a intérêt à être bien approvisionné, a dit ma mère.

Et elle est sortie.

— Elle n'a pas tous les droits, a marmonné Jen.

Nous avons tous choisi de loger dans la dépendance afin d'avoir de l'intimité. À l'exception de Dee, qui a préféré partager avec les jumelles cinglées les appartements des domestiques dans l'Italie en toc. Et de Juicy, qui voulait dormir dans sa propre chambre.

Les parents qui n'étaient pas venus à la ferme étaient

arrivés en premier au manoir. L'un d'eux avait dormi dans le lit de Juicy et a dû être éjecté.

Mais ce n'était pas parce qu'il logeait dans la maison principale qu'il traînerait avec les parents, nous a-t-il assuré. Putain, non !

Nous avons laissé passer.

La dépendance ne disposait que de trois chambres, mais avait un salon avec un canapé-lit. Et trois autres canapés, dont un d'angle. Il y avait également une petite cuisine et deux salles de bains. Nous avons laissé une chambre à Sukey et Jen, comme ça, quand le bébé pleurerait, nous pourrions toujours fermer la porte.

Ensuite, nous nous sommes réchauffés, séchés, lavés.

— Ils ont essayé de la confisquer pendant le trajet, nous a appris Sukey alors que nous nous répartissions les couchages.

— La confisquer ? Le bébé ?

— Ils ont dit qu'ils devaient s'occuper d'elle. Que j'étais trop jeune pour une telle responsabilité.

Je trouvais que ce qu'elle décrivait ressemblait à des vacances.

— J'ai répondu : jamais de la vie, putain ! a poursuivi Sukey.

— Ben, tu pourrais parfois les utiliser pour du babysitting, a suggéré Jen.

— Bof !

Pendant une brève période, les journées se sont écoulées dans cet endroit comme dans un château de conte de fées. Pendant un moment, il y a même eu des domestiques – une gouvernante et une équipe de nettoyage, des jardiniers, un toiletteur pour chiens. Ça n'a pas duré.

Dans la grande maison, nous avions, pour notre plus grand plaisir, été ignorés. À la ferme, nous avions été livrés à nous-mêmes. Ici, au début, nous vivions *grosso modo* une existence indépendante. Les parents de Juicy nous ont donné des vêtements qui provenaient de leurs dressings, lesquels étaient tous plus spacieux que ma chambre à la maison. Et nous avions un budget pour des courses en ligne : Terry avait fait une proposition modeste que les parents avaient acceptée. Nous commandions même notre propre nourriture.

Évidemment, nous n'avions pas de budget pour l'alcool et l'herbe. Nous étions toujours obligés de les piquer. Mais Juicy connaissait les rouages – il le faisait depuis des années.

Il y avait de nouvelles règles relatives à la technologie et à Internet, des règles que les parents s'imposaient. Une heure d'infos le soir, une heure le matin. Le reste du temps, ils débranchaient le Wi-Fi et éteignaient la télé. Et ils ont mis leurs téléphones en quarantaine, pas les nôtres. C'était malsain de se vautrer dans le malheur de tous les autres, avait justifié l'une des mères.

Ils faisaient des exceptions pour l'argent et le travail. Les pères disaient devoir surveiller leurs investissements, et quelques parents étaient toujours employés sous une forme ou une autre. À mi-temps. Deux professeurs, dont ma mère qui clamait que la théorie féministe ne connaissait pas de répit, donnaient des cours en ligne.

Mais ouais, admettait-elle. Les inscriptions étaient nettement en berne.

Hormis cela, ils suivaient leur routine habituelle. Au petit déjeuner, des bloody mary et des irish coffees. À midi, des bières, et à seize heures pétantes, open bar.

Jack était poli avec nos parents. Poli mais distant. Il leur avait fait confiance jadis, mais ils l'avaient déçu. J'avais l'impression qu'il essayait de mobiliser un peu de l'ancienne affection dévouée qu'il avait à leur égard, sans grand succès. Ils étaient des sources peu fiables.

Mes attentes à moi n'avaient jamais été très élevées. En tout cas, pas depuis que j'étais toute petite, plus jeune que Jack même. J'avais arrêté de leur donner la main à sept ans. Et je n'avais jamais recommencé depuis. Je me souviens clairement de la dernière fois où c'était arrivé : nous étions passés devant une grande foule sur une place de Manhattan. Union Square, avais-je déduit ultérieurement. Les gens étaient très remontés. Poussaient des cris de protestation. Agitaient des pancartes. J'ignore ce que disaient celles-ci – j'étais trop petite pour les lire. Debout entre mes parents, mes mains dans les leurs, je leur avais demandé pourquoi.

Peu importe, m'avaient-ils répondu. Je les avais harcelés. Je refusais de lâcher le morceau. Eux pouvaient lire les pancartes. Leur taille le leur permettait.

Mais ils avaient tout bonnement refusé de me révéler ce qui était écrit. Tais-toi, m'avaient-ils rétorqué. Ils étaient en retard pour déjeuner. Les réservations dans cet endroit étaient impossibles à obtenir. J'avais alors retiré mes mains d'un coup sec. J'avais couru dans la foule en me faufilant entre les jambes d'inconnus. J'avais tiré sur la veste des gens en leur demandant pourquoi ils étaient si en colère. Deux personnes m'avaient répondu, mais je n'avais pas entendu ce qu'ils disaient.

Mon père m'avait couru après et m'avait rattrapée. Son visage était rouge, en sueur, et il grinçait des dents. Maintenant, ils étaient *très* en retard grâce à moi ! J'étais punie.

Ces derniers temps, chaque fois que j'éprouvais

un sursaut de rancœur, je me rappelais de la prise de conscience que j'avais eue après avoir mangé le pain moisi.

Car ma mère et mon père n'étaient pas si différents que ça de Roux. Ils avaient fonctionné passablement dans un domaine limité. Ils étaient spécifiquement adaptés à la vie dans leur propre petite niche. Spécialisés dans leur habitat, aurait pu dire Mattie.

L'habitat de mon père avait été l'économie de l'art. Il s'y était mû avec aisance, fabriquant et vendant ses sculptures menaçantes et colorées de femmes broyées par la guerre. Il avait su comment naviguer dans les réceptions organisées dans les galeries et les musées, offrir aux collectionneurs et aux critiques ses déclarations à l'ironie spontanée et son comportement excentrique. Il avait engrangé des sommes exorbitantes pour les poitrines voluptueuses qu'il avait recouvertes de scènes de destruction en Afghanistan, en Syrie et au Yémen. Pour les culs ornés d'images de maisons bombardées et d'hôpitaux incendiés.

L'habitat de ma mère avait été l'université, ses articles bourrés de longs mots et de noms d'autres chercheurs. Des articles que cinq personnes lisaient.

Quand leur habitat s'était effondré, ils n'avaient aucun terrain familier. Aucune carte. Aucun équipement. Aucun outil.

Juste quelques flingues fondus attachés autour de leur taille.

De temps à autre, nous étions en proie à l'ennui. Nager par temps froid dans la piscine à débordement chauffée à l'énergie solaire (une cascade de bassins sur le flanc d'une colline, de plus en plus petits à mesure que vous descendiez le long de la pente), ça allait un moment. Il y avait un golf trois trous, un terrain de volley et même un court de squash couvert au sous-sol de l'Italie en toc, ainsi qu'un petit bowling.

Notre intérêt pour ces passe-temps était fluctuant. Nous avons commencé à apprendre la langue des signes – un cours dispensé en tandem par Jack et Shel. Un peu d'espagnol grâce à Sukey. Jen a autorisé Terry à dormir dans son lit, et j'ai même laissé entendre à Low que je coucherais peut-être avec lui le jour où il apprendrait à s'habiller. Et à se brosser les dents régulièrement.

Il s'est tout de suite mis à emprunter des vêtements à Rafe. Les pantalons étaient trop courts et ses chevilles dépassaient.

Il n'empêche. Je me montrerais peut-être indulgente à son égard.

Terry a proposé une nouvelle activité : nous retrouverions les parents avant le dîner pour un jeu en équipe – nous contre les viocs. L'équipe victorieuse aurait le droit de réclamer un prix à ses adversaires.

N'importe quel prix, dans les limites du raisonnable.

— Mais qu'est-ce qu'on peut leur donner, nous ? a demandé Rafe.

— Notre temps, peut-être, a suggéré Sukey.

— Notre travail, a proposé David.

— Nos services de barman, a dit Juice, qui était en train d'apprendre la mixologie.

— Ils devront nous fournir de l'alcool si nous leur demandons, a décrété Jen. Parce que, honnêtement, respect à Juice, mais voler ne suffit pas toujours.

— Plus, c'est mieux, a lancé Juice.

— Plus, c'est mieux, généralement, a convenu Val.

Elle-même ne buvait pas. Elle était mélancolique sans Burl, mais refusait l'automédication. Pas d'alcool, pas d'herbe, et pas de signe de libido non plus. Val était cent pour cent *straight edge.*

Ou alors, elle n'avait pas encore atteint la puberté. Nous ne savions pas trop.

Nous leur avons révélé en quoi consistait le jeu – un jeu tout simple qui nous occupait jadis pendant les trajets en voiture. Une personne pensait à un mot ou à une expression, et l'équipe adverse devait deviner en posant une série de questions. Le mot pouvait être une personne, un lieu, une chose ou un concept.

Dans certains domaines, les vieux avaient un avantage stratégique certain. Bon nombre d'entre eux, franchement, connaissaient plus de faits. Et puis ils avaient connu une progression professionnelle dans leur domaine d'expertise.

Ils ont accepté le système de récompense, confiants en leur victoire.

Mais nous avions des écrans, nous avions du temps, et nous cherchions un défi. Chaque après-midi, nous nous donnions pour mission d'apprendre. Il y avait des sites consacrés à la culture générale, et ceux-là pouvaient se révéler utiles. Il y avait Wikipédia. Nous bachotions.

La première partie s'est soldée par une défaite de notre part : les parents ont gagné trois mots à la suite en pensant aux noms de Bella Abzug, Christine de Pizan et Margery Kempe. Ils ont exulté, jubilants, et exigé de David huit heures de « conseils techno », comme ils désignaient les réparations et bidouilles qu'il faisait pour eux.

« Conseils », cela impliquait un échange, mais ils ne voulaient pas comprendre. Ils voulaient uniquement un service.

Pour récompenser David, Juicy lui a procuré trois

lignes entières de l'excellente cocaïne de sa mère. C'était risqué pour Juice, car sa mère veillait sur sa coke comme une harpie féroce sur ses nouveau-nés.

David en a été évidemment reconnaissant.

La deuxième partie, nous l'avons perdue aussi lamentablement que la première. Ils ont obligé Sukey à leur confier sa sœur pendant une journée, afin de pouvoir « partager un moment avec un adorable bébé » (haut-le-cœur). Elle a protesté, mais nous avons estimé que ce prix était probablement réglo. Sukey s'est soumise à la majorité, puis a arpenté les pièces de long en large une grande partie de la journée, inquiète que les parents bousillent le bébé.

Sa sœur avait à peine deux mois, a souligné Jen. Quels dommages pouvaient-ils réellement occasionner ?

Sukey a rétorqué qu'on ne pouvait pas leur faire confiance en termes d'éducation. Sur ce front-là, nous ne pouvions qu'être d'accord avec elle.

Quand ils ont rendu la petite, emmaillotée, changée et nourrie, elle semblait être la même et se comportait exactement comme avant, bien sûr – elle restait allongée sans rien faire, pleurait occasionnellement –, mais Sukey était tout de même sur ses gardes. Mue par un *a priori* extrême, elle a arraché le nœud rose débile qu'ils avaient mis sur la tête du bébé.

Lors de la troisième partie, les parents étaient plus soûls qu'à l'accoutumée et arrogants. Cela s'est terminé par un match nul exigeant une manche décisive. Les vieux n'en revenaient pas : nous leur avons barré la route avec Nicki Minaj, qui aurait été du tout cuit pour nous.

— Et elle est féministe, ai-je appris à ma mère, histoire d'enfoncer le clou.

— Ça se discute, a-t-elle répondu en cherchant sur Google.

Nous avons ramené des bières et des alcools forts à la maison.

Au fil du temps, cependant, une noirceur nouvelle s'est abattue sur eux. L'effondrement des marchés financiers jouait, de même que la météo. Les tempêtes épargnaient la région où nous étions, mais ailleurs elles étaient nombreuses. Tout comme les sécheresses et les vagues de chaleur. Des fronts froids et chauds, des routes commerciales désaffectées. Tous les lieux semblaient dans un état de perpétuel changement. La météo fermait les aéroports et les récoltes gâchées « déstabilisaient » les marchés. Au pôle Nord, il faisait beaucoup trop chaud. Certaines parties de l'Europe étaient gelées.

Sans compter que les domestiques avaient démissionné.

Les parents, indignés, se plaignaient. Cela avait été tellement soudain, se lamentaient-ils. Tous avaient entendu dire qu'il restait encore du temps. Beaucoup de temps. C'était la faute de quelqu'un d'autre, à n'en pas douter. Pas celle des scientifiques, a dit l'un. Eux avaient fait de leur mieux. Peut-être celle des hommes politiques. Et sans doute celle des journalistes.

Il y a eu des débats pour savoir s'il fallait faire des provisions – s'il était judicieux de stocker différentes denrées. Quelle serait la meilleure monnaie d'échange ? Les parents en parlaient pendant des heures et des heures. À un moment donné, ce sujet a été leur obsession.

Or ? Armes ? Munitions ? Batteries ? Antibiotiques ? Des disputes se sont produites et nous avons perçu de l'agitation. Des conflits et des résolutions.

Mais pas de consensus. Un portefeuille diversifié était ce qu'il y avait de plus prudent, ont-ils tranché.

Et donc, des marchandises arrivaient en permanence. Il y avait des panneaux solaires, des denrées non périssables et des médicaments. Parfois, les parents passaient des journées entières à les déballer. Des expressions telles que « migration de maladies » et « parasites » circulaient, et des camions chargés d'eau en bouteille sont arrivés. Pas de l'eau de source en petites bouteilles – oh, non ! De l'eau dans de gros bidons, de l'eau qu'ils stockaient dans un entrepôt en tôle ondulée que des ouvriers avaient bâti pendant notre séjour dans la grande maison.

Des hommes sont apparus pour renforcer le système de sécurité. Et construire. La clôture décorative en fer forgé qui entourait jadis la maison a été remplacée par un mur de béton que des charges électriques sont venues fortifier. Au pied de ce mur, on avait installé des chausse-trappes, et il y avait des zones d'exclusion aérienne. Il s'agissait en réalité de zones où l'on n'avait pas le droit de marcher, mais les parents les appelaient zones d'exclusion aérienne et nous avons gardé leur expression. Des ouvriers du bâtiment ont arpenté le périmètre et placé des choses au sol, puis ont posé une clôture à l'intérieur du mur principal pour servir de tampon. Nous n'avions pas le droit de toucher cette grille.

— Mines terrestres ? a demandé Juicy.

— Impossible. Illégal, a répondu Rafe.

Mais nous n'étions pas convaincus. Hors de question de fouler cette pelouse. Nous tenions toujours les chiens en laisse.

Après la construction du mur, nous les avons plus que jamais obligés à jouer. Il fallait que ce rituel leur paraisse normal – nous ne leur disions pas mais le savions.

Nous gagnions de plus en plus, et les parents se sentaient tellement découragés que de temps à autre nous faisions exprès de perdre. Nous choisissions quelque chose de facile à deviner. Comme « les anneaux de Saturne », « rat-taupe nu » et même « chou-fleur ».

Il arrivait que la partie soit perturbée par un parent qui recevait un SMS d'un ami ou d'un proche. Au début, nous étions très stricts envers ce genre d'interruptions, parce que nous ne voulions pas qu'un candidat en train de perdre triche en se servant d'un moteur de recherche. Mais lorsqu'une mère s'est mise à pleurer, qu'un père est devenu tout blanc en lisant un texto, nous avons commencé à leur lâcher de plus en plus la bride.

Un père, celui de Jen, s'est éloigné un jour de la propriété, et à son retour, il était dans un état proche de la catatonie. Il n'avait plus de chaussures et ses pieds nus étaient ensanglantés et recouverts d'engelures. Il refusait de raconter ce qui s'était passé. Il s'est accroupi dans la cuisine de l'Italie en toc et, les bras passés autour de ses genoux, il s'est balancé d'avant en arrière.

Une mère s'est lancée dans une orgie de Skype, en dépit de la mauvaise connexion Internet. Elle a recherché absolument tous ses amis et toute sa famille. Elle a dressé une liste des personnes qu'elle n'avait pas réussi à contacter et a tenté de les retrouver autrement. Les gens qu'elle avait pu localiser étaient presque les pires. Certains n'allaient peut-être pas si mal que ça, mais d'autres étaient paniqués ou semblaient dans un état de confusion hébétée. Deux d'entre eux ont demandé à venir vivre avec nous, et la mère a imploré le père de Juicy.

— Jamais de la vie, a-t-il répondu. Tu sais qu'on a déjà abordé ce sujet.

— Ne t'inflige pas ça, a dit ma mère, toujours pragmatique. Tout ce que nous pouvons faire, c'est cultiver notre jardin.

Nous n'avons pas compris ses propos jusqu'à ce qu'en bachotant nous tombions sur les citations célèbres d'un Français mort.

Parfois, un parent oubliait de manger pendant plusieurs repas d'affilée. Certains se sont laissés aller et ont commencé à sentir mauvais. Certains restaient à flotter dans la piscine sur des matelas gonflables pendant des heures, même s'il faisait froid dehors, en écoutant de la musique et sans parler à personne. Une mère a piqué une colère et cassé le miroir de la salle de bains avec un pied-de-biche.

Nous avons organisé une réunion.

— Si on reste ici, va falloir se dépêcher de remettre de l'ordre là-dedans, a déclaré Rafe.

— Quelqu'un doit organiser les choses, a dit Jen. Ça ne peut pas continuer comme ça.

— Et on ne peut pas être aussi dépendants de l'extérieur, a ajouté Sukey. Les réserves sont en train de fondre.

— Va falloir qu'on prenne le contrôle, a décrété David.

Nous avons parlé de cultiver notre propre nourriture, mais nous étions en plein hiver, alors nous avons échangé au sujet de recherches que Low et Rafe avaient menées sur l'hydroponie. Nous avons décidé que le bâtiment où se trouvait le jacuzzi, avec ses murs et sa toiture en verre, pouvait être réaffecté. Nous avons parlé de semences, de la disponibilité de plants à cultiver et de lampes de croissance, de générateurs et de panneaux solaires. Nous nous sommes demandé si David trouverait une solution pour nous affranchir du réseau électrique qui était défaillant par intermittence, avec ses baisses de tension et ses pannes, et s'il saurait nous câbler afin que nous soyons un système clos.

La tâche n'était pas aisée, mais David s'est montré prudemment optimiste. Nous avons discuté de compétences et de répartition des tâches.

Un soir, au lieu de jouer au jeu, nous avons rappelé les parents à l'ordre.

— Nous avons remarqué, a déclaré Terry qui avait commandé de nouvelles lunettes et restauré ainsi sa grandeur en même temps que sa vue, que bon nombre d'entre vous ne vont pas très bien. Je vais être clair. Je veux dire d'un point de vue psychologique.

Les parents se sont agités sur leurs sièges. Des regards ont été échangés, moins sceptiques que coupables.

— Cela n'a rien de surprenant, a-t-il ajouté avec générosité. De la même façon que nous comptons sur vous pour répondre aux besoins de notre existence matérielle d'un point de vue financier, vous, de votre côté, comptiez sur l'ordre socioculturel. Un ordre qui, comme nous le savons tous, a été récemment bouleversé de façon criante.

— Bouleversé, a répété une mère en écho.

— De façon criante, a répété Val.

— Néanmoins, votre aptitude à maintenir l'ordre a été sapée, a poursuivi Terry. Alors à compter de maintenant, et jusqu'à ce que votre collectif retrouve son niveau de compétence basique, nous aimerions prendre davantage de responsabilités. Nous avons établi un plan en vue de l'autosuffisance de la propriété, lequel, bien sûr, est amené à évoluer. La situation et la disponibilité des éléments sont dynamiques. Nous en avons conscience. Votre richesse nous sera d'une assistance extraordinaire, mais la résilience sera de mise.

— Résilience, a répété Val.

Elle se tenait bras croisés à côté de Terry. Semblait savourer cette position.

— Nous avons également établi un planning de travail. Qui est pour l'instant à l'état d'ébauche, en attendant que nous disposions de l'ensemble des informations. Vous continuerez à participer, chacun et chacune conformément à ses compétences personnelles. Vos contributions seront grandement appréciées. Toutes, mêmes les plus modestes, auront leur importance. Soyez-en assurés.

— Une révolution de palais, a marmonné un père.

— Est-ce que Terry lit des notes ? a demandé quelqu'un au fond.

— Nous réalisons également une enquête. Nous aimerions que vous classiez vos compétences en fonction de votre maîtrise de ladite compétence. Cela nous permettra d'optimiser la distribution des tâches.

— Vous n'êtes que des gamins ! a lancé une mère.

— Mais pas déficients mentaux, a rétorqué Juicy.

— Et rarement soûls, a ajouté Rafe.

— Rarement, a répété Val.

— Nos vices nous regardent, a sorti un père.

— N'empêche qu'ils n'ont pas tort, a remarqué une mère.

— Vous pourrez examiner le schéma et le plan de travail, a dit Terry. Vos remarques nous seront d'un intérêt tout particulier.

— Comme c'est charitable de votre part, a ironisé un père.

— Mais elles ne seront pas, bien entendu, traitées comme déterminantes, a ajouté Terry.

— Quelles compétences voulez-vous qu'on énumère ? a demandé une mère. J'ai suivi un cours d'arrangement floral japonais.

— Ikebana, a dit Terry sans se laisser désarçonner par son insolence. Je connais. Probablement pas une priorité.

Alors ils ont examiné nos plans. Et bilan des courses, ils ont accepté.

Certains pères étaient irrités et ont exhibé leurs connaissances supérieures dans les domaines de l'ingénierie et des liquidités. Il fallait bien reconnaître qu'ils ne racontaient pas que des bêtises. Nous avons tenu compte de leurs opinions, pour reprendre la formule de Terry. Nous avons procédé à des modifications en conséquence.

Et ensuite, nous avons commencé les projets.

Une longue période industrieuse s'est ensuivie. Les parents se sont révélés serviables, même si, parfois, il fallait les encourager. Nous avions tantot recours à la carotte, tantôt au bâton.

Ils avaient tendance à être fatigués quand venait l'heure des verres et des discussions, et nous avons parfois dû les priver de leurs libations jusqu'à ce qu'un travail soit mené à son terme (le bâton). Nous n'étions pas sévères à outrance, juste fermes. Juicy s'est abaissé à recourir à la moquerie une fois ou deux, et nous avons dû le refréner. Il a aussi complètement arrêté de cracher, et bien qu'il ne se soit jamais laissé appeler Justin – les célébrités associées à ce prénom foutaient bien trop la honte –, il s'est mis à répondre à « Just ».

À d'autres moments, nous les récompensions en leur accordant des loisirs supplémentaires, ou bien nous les couvrions de compliments devant un autre parent (la carotte). Ils répondaient à ces deux méthodes de façon plus ou moins égale, en termes de réalisations.

Même les jumelles cinglées ont mis la main à la pâte. En échange de vieux bonbons dont aucun de nous ne voulait, elles accomplissaient de menues tâches comme laver des couches ou plier le linge.

Étions-nous des esclavagistes ? s'est interrogée Jen a un moment donné.

Parfois, les questions de moralité la travaillaient.

Non, a tranché David, parce que nous-mêmes nous travaillions très dur.

Et c'était pour le bien de tous, a dit Rafe.

À la fin de l'hiver, tous les légumes que nous consommions provenaient de la pépinière hydroponique et du jardin intérieur aménagé dans la cave (autrefois le court de squash). Il n'était plus possible de commander des produits frais en ligne – il n'y avait plus de camions réfrigérés, en tout cas pas pour la personne riche moyenne de notre secteur –, alors nous devions manger ce que nous cultivions.

Nous n'avions pas de fruits, bien entendu. Nous avions planté des pommiers, mais il faudrait des années avant qu'ils donnent quoi que ce soit : les planter avait été un acte de désespoir. Pas le moindre agrume, et nos jus d'orange et nos citronnades nous manquaient. Les tranches de citron vert manquaient aux parents.

Et nous avions des produits secs et en conserve, une mine bien plus importante que celle du silo. Nous y avions veillé.

Une fois la journée de travail terminée, nous avions pris l'habitude de préparer le dîner pour tout le monde, avec l'aide de certaines mères dont la plus grande compétence était la cuisine. Nous nous asseyions tous dans le vaste séjour en contrebas de l'Italie en toc, avec ses parois vitrées qui donnaient sur le patio et la piscine. L'assiette posée sur les genoux, nous mangions tout en parlant des choses dont nous étions nostalgiques. La mère paysanne était autorisée à réciter un bénédicité. Sans confession particulière.

Elle s'était révélée – exactement comme l'avait suggéré Sukey, il y avait bien, bien longtemps – n'être la mère de personne. Elle n'avait que le chat. Malgré tout, je la voyais toujours comme la mère paysanne.

Ensuite, nous passions en revue les « disparus ». C'était le terme que Jack employait. Nous trouvions qu'il était sain, surtout pour les parents, de ne pas essayer de nier le fait de ce qui avait été perdu, mais au contraire de le reconnaître.

Quelqu'un parlait d'un collègue ou d'un ex, d'un grand-parent, d'un vélo, d'un quartier ou d'un magasin. Une plage, une ville ou un film. Quelqu'un disait « crème glacée » et quelqu'un d'autre « sandwichs de crème glacée, napolitains », et nous improvisions, égrenions une liste de nos glaces originales préférées, qu'aucun amour ni argent ne pouvait plus nous procurer.

« Les bars », disait un parent, et ils énuméraient une litanie d'établissements qu'ils avaient fréquentés, les tripots, bars irlandais, *cantinas*. Bars d'hôtels, bars à jukebox, bars avec billard, bars avec vue sur des parcs ou des fleuves. Bars qui tournaient. Bars au sommet de somptueux gratte-ciel à l'autre bout de la planète. Dans ce qui avait été les grandes villes de ce monde.

10

Une fois que les systèmes ont été en place et que les tâches des parents, hormis les corvées d'entretien élémentaires du quotidien, ont été achevées, ils ont été satisfaits pendant un temps. Fiers de nous tous, fiers du travail bien fait, pendant une brève période. Nous nous étions octroyé un beau sursis, et ils le savaient.

Mais très vite, ils sont tombés dans une forme de dépression, même si bon nombre d'entre eux prenaient un cocktail d'antidépresseurs. Ces pilules n'avaient jamais franchement agi, à en juger par ce que nous avions pu voir – leurs effets avaient été émoussés par l'alcool, à n'en pas douter –, et de toute façon, la réserve s'épuisait.

Nous avons commencé à déceler des changements, subtils au début. On pourrait appeler ça de la faiblesse, mais je définirais plus cela comme une absence. Leurs personnalités s'effaçaient.

On avait l'impression que, si nous levions les parents dans la lumière – si nous avions pu les soulever facilement, comme du papier –, nous aurions pu voir directement à travers eux.

Contrairement à avant, il ne s'agissait pas d'une attitude que nous pouvions changer. Ce n'était pas du tout une attitude. C'était une façon d'être.

Ils ont cessé d'essayer de se divertir mutuellement via de prétendus traits d'esprit. Ils ne parlaient pas beaucoup, pas plus qu'ils ne riaient, même quand ils buvaient. Et ils buvaient de moins en moins, ce qui nous choquait. Ils se couchaient tôt et se levaient tard, disaient aimer leurs rêves.

Leurs rêves étaient ce qu'il y avait de mieux, a déclaré l'un d'eux.

Mais leur sommeil était souvent agité. Parfois, nous apercevions l'un d'entre eux dans le jardin à deux ou trois heures du matin, en pyjama, immobile, ou en train de marcher dans son sommeil.

Terreurs nocturnes, a affirmé Sukey. Elle avait lu des choses à ce propos. Lorsqu'ils étaient dans cet état-là, il ne fallait pas leur parler.

Nous nous levions, enfilions des vêtements et les ramenions dans la maison, parce qu'ils ne pensaient jamais à mettre un manteau ou des bottes, et que dehors les températures pouvaient descendre en dessous de zéro. Ils ne semblaient pas ressentir le froid.

Pour eux, le temps était devenu fluide. Avant que nous ne commencions les projets, ils sautaient des repas, je l'ai évoqué – ils se négligeaient. À présent, il n'y avait plus du tout de repas formels, à l'exception de ceux qu'on les obligeait à prendre. Ils fourraient leurs mains dans des vieux paquets de chips quand ils en avaient la présence d'esprit, ou dans des bocaux de noix, vestiges de l'époque avant la pénurie. Il leur arrivait également de ronger un haricot ou une patate crue, un champignon en provenance de la cave à champignons de notre pépinière.

Cette cave était une idée de Low et nous en étions fiers. Les champignons poussaient dans le noir. Et étaient nourrissants.

Les jeunes enfants aussi souffraient de terreurs

nocturnes, selon Sukey. Ils avaient également un sens du temps fluide. Peut-être les parents régressaient-ils ?

Elle étudiait comment élever des bébés. Et des tout-petits. Et des enfants de cinq ans.

Non, ils étaient juste en train de disparaître, a dit Rafe.

Ils disparaissaient sous nos yeux.

Nous avons mené quelques interventions – avons essayé de raviver le jeu, leur avons ensuite proposé des jeux de société et les cartes. Autrefois, ils adoraient le poker.

Mais ils n'étaient pas attentifs. Ils ne prenaient la parole que pour nous dire que nous pouvions jouer sans eux.

— Vous n'avez pas besoin de nous, a sorti une mère un soir, d'une voix faible mais sûre.

D'autres ont hoché la tête et ont repris leur rêverie.

Nous avons tenté la gym, en utilisant même notre précieuse électricité pour passer leur musique du temps jadis. Nous avons dansé comme des marioles dans l'espoir de les inspirer. C'était humiliant, mais nous l'avons fait malgré tout. Nous avons pensé que, peut-être, s'ils s'astreignaient à de l'exercice physique, s'ils bougeaient leurs corps, la vie leur reviendrait. Nous avions lu ce conseil sur des sites obsolètes consacrés au bien-être émotionnel.

Nous avons tenté l'approche sergent instructeur, les obligeant à se lever et à marcher en formation, mais beaucoup se laissaient déconcentrer et s'égaraient, et nous devions alors rassembler à nouveau le troupeau.

Nous avons construit une course d'obstacles et avons essayé de les pousser à la traverser. Nous avons insufflé de la bonne humeur factice.

À force d'essayer de les sortir de leur léthargie, nous avions des accès d'hystérie. Connaissions des jours d'épuisement et d'embarras.

Nos singeries étaient ridicules.

Elles ne servaient à rien.

Nous avons alors éprouvé une sorte de désespoir. Nous avions beau nous être sentis harcelés et méprisés par eux pendant longtemps, nous avions beau les avoir vilipendés, eux et tout ce qu'ils n'avaient pas réussi à défendre ou à combattre, nous en étions venus à compter sur leur cohérence.

Pendant toutes nos vies, nous avions été habitués à eux.

Mais ils étaient en train de se détacher lentement.

Un matin, à notre réveil, ils avaient tout bonnement disparu.

Ils avaient laissé leurs téléphones, leurs portefeuilles, toutes leurs affaires personnelles. Ils n'étaient nulle part dans la propriété.

Nous avons passé les rues alentour au peigne fin, d'abord à pied, puis dans la seule voiture encore en état de marche. La voiture électrique.

Nous ne les avons pas trouvés.

Val imaginait que les parents avaient grimpé au sommet des grands arbres qui poussaient tout au bout du jardin, des cèdres et des peupliers de Lombardie pratiquement impossibles à escalader, même pour elle. Elle les imaginait perchés au faîte de ces arbres minces jusqu'à ce qu'une brise souffle et les emporte au loin.

Juice imaginait qu'ils avaient marché sur la bande

entre la clôture et le mur, et qu'ils s'étaient évaporés les uns après les autres.

Jen les voyait monter à bord d'une immense limousine qui les conduisait dans une colonie où ils pourraient vivre seuls, sans être encombrés du fardeau des enfants. Ni même du souvenir.

Low les voyait partir au galop comme des bergers des steppes, sur des chevaux noirs surgis de nulle part. Et disparaître dans le néant à mesure qu'ils s'éloignaient de nous.

Moi, je les imaginais descendre les marches en cascade de la piscine avec comme des fourmis au bout des doigts. Descendre, descendre, descendre, jusqu'au bout étroit de l'infini.

Nous avons gardé leurs noms sur le planning pendant un temps et avons réalisé à leur place les tâches qui leur incombaient. Nous avons gardé leurs chambres à coucher telles quelles, et puis, progressivement, nous nous y sommes installés.

Nous avons étiqueté leurs téléphones, leurs portefeuilles et leurs sacs à main avant de les mettre sous clé dans un meuble qui se trouvait dans le bureau du père de Juice, car peut-être qu'un jour nous aurions besoin de téléphones, de numéros, de cartes de crédit et d'argent liquide.

Pendant longtemps, nous les avons attendus chaque jour. Ensuite, nous pensions à eux chaque semaine, nous nous demandions quel serait leur comportement à leur retour. Dans quel état ils seraient, blessés ou affamés. Seraient-ils comme avant ou auraient-ils changé ?

Nous avons attendu leur retour, mais ils ne sont jamais revenus.

— Qu'est-ce qui se passe, à la fin ? m'a demandé Jack.

À ce moment-là, il était malade, mais j'allais m'assurer qu'il se remettrait sur pied. Quand je n'étais pas à son chevet, je me documentais sur les symptômes et les diagnostics. Comment réutiliser les médicaments dont nous disposions. Les remèdes maison.

Si seulement les anges étaient toujours avec nous. Luca. Et Mattie.

Ou même la propriétaire. Débarquant dans son char noir. Où était la propriétaire quand on avait vraiment besoin d'elle ?

Je me donnais tout de même à fond. Si je ne devais faire dans ma vie qu'une seule bonne chose, la seule qui en vaille la peine, un jour, il irait bien à nouveau.

— La fin de quoi, Jack ?

— Tu sais. L'histoire. Après la période de chaos ? Ce n'était pas dans mon livre. Mais tous les livres devraient avoir une vraie fin.

— C'est vrai.

— Elle a dit que la vraie fin n'était même pas dans la version pour enfants. Elle a dit qu'elle n'était pas chouette. Trop violente. Elle a dit que les enfants n'étaient pas taillés pour la révélation.

— Je pense qu'elle voulait parler de la Révélation.

— Et donc, il se passe quoi, après la fin ?

— Laisse-moi réfléchir. Attends une minute. Je réfléchis.

— Fais un effort, Evie.

— D'accord. La lenteur, je parie. De nouveaux genres d'animaux évoluent. D'autres créatures viennent vivre ici, comme nous avant. Et toutes les anciennes belles choses seront encore dans l'air. Invisibles, mais là. Comme, je ne sais pas… Une attente qui plane, en quelque sorte. Même quand nous serons tous partis.

— Mais nous ne serons pas là pour les voir. Nous ne serons pas ici. Ça fait mal, de pas savoir. Nous ne serons pas ici pour voir !

Il était agité.

J'ai tenu sa main chaude dans la mienne.

— D'autres les verront, mon chéri. Pense à eux. Peut-être les fourmis. Les arbres et les plantes. Peut-être que les fleurs seront nos yeux.

— Les fleurs n'ont pas d'yeux. Tu parles comme Darla. Ce n'est pas de la science, Evie.

— Tu as raison. C'est plus comme de l'art. De la poésie. Mais ça vient toujours de ce qu'ils appelaient autrefois Dieu, pas vrai ?

— Ce qu'ils appelaient autrefois Dieu, a-t-il murmuré.

Il n'était jamais aussi heureux que quand je lui parlais, mais il était tellement fatigué, à cette époque. Tellement, tellement fatigué.

— C'était écrit dans ton carnet, pas vrai ? Tu l'as écrit toi-même, n'est-ce pas.

— Je l'ai écrit.

— Je crois que tu as résolu le mystère, Jack. Dans ton carnet. Jésus était la science. La connaissance. Pas vrai ? Et le Saint-Esprit, toutes les choses que les gens fabriquent. Tu te souviens ? Ton schéma disait « Fabriquer des choses ».

— Oui. C'est vrai.

— Alors peut-être que l'art, c'est le Saint-Esprit. Peut-être que l'art est le fantôme dans la machine.

— L'art est le fantôme.

— Les comètes et les étoiles seront nos yeux.

Et j'ai poursuivi. Les nuages la lune. La terre les pierres l'eau et le vent. C'est ce qu'on appelle l'espoir, voyez-vous.

REMERCIEMENTS

Merci infiniment à Maria Massie, mon agente, et à Jenny Offill, ma lectrice. Et à Aaron Young, pour tous les repas qu'il a préparés à mes enfants pendant que j'écrivais. Je suis reconnaissante envers Tom Mayer et Elizabeth Riley, mes meilleurs amis chez W. W. Norton, et envers tous les gens dans cette maison d'édition qui ont contribué à ce livre : Nneoma Amadi-Obi, Julia Reidhead, Brendan Curry, Nomi Victor, Julia Druskin, Don Rifkin, Ingsu Liu, Alexa Pugh, Steve Colca, Meredith McGinnis, Beth Steidle, ainsi que Steven Pace et son équipe, en particulier Karen Rice, Sharon Gamboa, Golda Rademacher et Meg Sherman. Et enfin, merci à David High pour la belle couverture qu'il a réalisée pour l'édition américaine.

MIXTE
Papier issu de sources responsables
FSC® C003309
www.fsc.org

L'éditeur de cet ouvrage s'engage dans une démarche de certification FSC® qui contribue à la préservation des forêts pour les générations futures.

Pour en savoir plus :
www.editis.com/engagement-rse/

10/18 – 92 avenue de France, 75013 PARIS

Imprimé en France par CPI

N° d'impression : 3048243
X08019/01